草木染

丁立梅 —— 著

春 spring
——
夏 summer

作家出版社

人类把草木之色穿在身上，
这才有了美。

序

perface

不 负 流 光

　　这是我每天的随记。

　　我截取一年的时光。这一年里，我没有刻意要活成什么模样，我只遵从自己的意愿，读书，行走，生活，爱着日常。

　　对，它就是日常。是我的，也是你的。一鼎一镬。一衣一食。一树一花。家人。亲人。朋友。陌生人。乡下。城里。雨了。晴了。爱了。痛了。幼小与苍老。星空与夕阳。快乐与悲伤。相聚与分离……一切，都如流水一般，向着它该流的方向流去。在这静静的流淌里，却自有着它的旖旎芬芳，只是，你看不到闻不见。

　　你在抱怨，生活的无趣。生活有什么呢？每天都在重复着，千篇一律着，寻常的日子，就像一潭死水，遑论惊喜，就连小小的涟漪也没有。

是这样么？不不，我只晓得，山河日月，每天都在变着模样呢。

我常惊喜于一朵花，一朵云，一个弯弯的月亮，一个圆滚滚的夕阳。也常要被一丛虫鸣，一树鸟声，一地落叶，一缕清香绊住脚步。一颗种子到底能生长出多少梦想？古老的巷道，到底有多少双脚印叠印在上面？屋檐下的鸟，它们到底在说什么？书里的故事，在之后的之后，总还有什么要发生的吧，这都是令我好奇着的。我的日子，因这些好奇，而生出很多趣味。

我也爱一头扎进市井和烟火里。我只是个小人物，小人物最真实的活，就是在那市井和烟火里。买上一盆花吧，买上一把青菜吧，买上几只新出炉的烧饼吧。或什么也不买，就那么到处走走，看看，看人来人往，如鸟雀一般。我常把时光浪费在那些上头，触摸到那低到尘埃的温暖。

平庸的生活大抵都是相似的，不同的只是，你爱与不爱。倘若你爱，它自会发出光彩。倘若你不爱，它便是一截枯木。

这些零碎的记录，算不得真正的文章，也谈不上布局匠心，它都是我随手记下的小欢小喜小情小爱，它拙朴、真实，真实得我回过头去看，不自觉会湿了眼眶。生活原来是这个样子的啊。生活本来就是这个样子的！

在《草木染》中，《每一个四季，都是自己的人生》。天上有云朵在飘，地上有小孩在跑，不负流光。

感谢生活经过了我，我也刚好经过了它。

草木染

目录

一月

天空之城

每个人心中都有一个属于自己的天空之城吧，一个可以生长灵魂的地方，
自由，清纯，快乐，无所不为。

二 月

虔诚的牧羊人

静夜里，我敲着一些文字，恍惚间，那些文字，变成了一只一只的小白羊，
而我，只是个虔诚的牧羊人。

三 月

复 得 返 自 然

它们衬得天更蓝了，风更软了，一寸一寸的时光，都种上了相思。

（四）（月）

乱分春色到人家

春色面前，人人平等。

目录

五 月

给幸福一个奖赏

今生无所大志，也不贪求，只愿随着天地欢喜，愉悦从容。

六月

草木染

人类把草木之色穿在身上，才有了"有一美人，被服纤罗"。才有了衣带飘飘，灿若云霞。才有了朴素、淡雅、华丽、绚烂和尊贵。

我们以为的遗忘，记忆其实都帮我们收着的。那些走过的路，那些经过的人，那些住过的房子，那些吃过的饭菜，不定什么时候，就跑了出来，引我们相偎而坐。

一月

January

天 空 之 城

草木染

每个人心中都有一个属于自己的天空之城吧，一个可以生长灵魂的地方，自由，清纯，快乐，无所不为。

幸福从今天开始

一日

幸福从今天开始。——这是新年里我看到的第一句话。

真好。那么，就让我的，我们的幸福，从今天开始。

把一枝蜡梅搬到我的电脑旁。插它的瓶子——一只小酒瓶，是前几年从平遥带回的。土黄色，上面有好看的波纹，还镂着一枝粉色杏花，是一家小饭馆里的。小饭馆面北，对面是卖手鼓的。山里的歌谣，用手鼓敲击甚是动听，有泉水叮咚之感。我们一边吃饭，一边听对面的手鼓声。小店老板娘用这个小酒瓶，从一个酒瓮里，打了二两自酿的酒过来。我看中这个酒瓶，问她，我可以带走它吗？那个青年女子一对杏眼看我一下，笑了，说，可以的呀。于是，我把它千里迢迢带回家。我用一些花来供养它，春天插桃花，夏天插荷花，秋天插一年蓬，冬天我就插蜡梅。

路边多蜡梅，随便走走，就能踩得一脚的香。也就停在一棵树下，心虚地左右看看，采得最好的一枝。回头，却看到路边一女子在注意看我，且看且笑。我懂她笑的意思，我们有些心照不宣。我回她一个笑，擎着这枝香，回来，让它与这只酒瓶厮守。

物与物相遇，也颇讲缘分。谁能想到，一只平遥的酒瓶，能与一枝东台的蜡梅相遇呢？

为这冥冥中的安排，也该流一场欢喜的泪呢！

和那人去逛街。街上川流的，是人，是车，是烟火喧腾。我穿行于其中，觉得心安。看到卖麦芽糖的，守着摊儿，眯着眼在听京剧，那等超然，让我乐了。我跑去敲下一块麦芽糖，想起童年。童年的冬天，最盼的就是敲糖锣的进村了，那是挑着一担子的甜来的呀。大饼似的麦芽糖，乖巧地躺在糖担子上，把全世界的甜都带来了。我们小孩子，赶紧儿把积攒了好些天的荒货——破布头、破鞋底、塑料纸、牙膏头，全都搬出来，也才换得核桃大一块麦芽糖。小小的掌心，托着那甜，小心翼翼的，生怕它像小蛾子似的飞了。

再清贫的童年，回忆起来，也是加了彩边儿的。那是因为，经历过了，岁月早已把它酿造成酒。

买了一件衣。毛线的，宽松，合了我的心性，准备春天穿着它去看菜花。衣与人相遇，也是缘。

复活了的
风信子

二日

　　去年四月，我把开过花的风信子，埋到楼下的一排黄芽树下。

　　偶尔，会想起我家的风信子。跑去看，没有一丁点踪影，似乎这块泥土，从未曾接纳过它来住。倒是野生野长的一年蓬、蒲公英、荠菜和泽漆，一个赛一个精力旺盛年富力强。还是没有风信子的消息。我想，它怕是早就化作泥土了。

　　一个夏天过去了。一个秋天过去了。冬来，先捎来一场雪。雪后，那人回来，惊且喜道，你知道吗，我在楼下发现了什么？！

　　我并不在意。他常如此大惊小怪的，看见什么花开了，看见什么叶红了，遇到小猫小狗了，他都要当作特大喜讯回来告诉我。我继续做我的事，一边随口说道，是蜡梅开了吧？

　　不是。你头想破了也想不到的，是我家的风信子，冒出芽来了！他快乐得像个孩子。

　　真正意外。意外极了！我未及换衣，穿着睡衣就冲下楼去，一口气跑到那排黄芽树下，仔细察看，果真啊，一颗小芽儿，像粒小绿虫子似的，羞羞怯怯的，探出颗小脑袋来。确定，它就是我的风信子，复活了的风信子。

　　此后日日去看，看它一点点长大，看它抽出一片叶儿，两片叶儿，三片叶儿，四片叶儿，直到抽出五片叶儿时，我挑了一只漂亮的花盆，把它请回家。

　　这会儿，它安好在我书房的窗台上，生机勃勃。阳光倾倒在它的身上，泄泄融融。

　　生命的神奇，在植物身上最叫人不可思议。想它衰老了、枯萎了，在泥土下长长睡了一个夏，一个秋，又被冬天的雪唤醒。要是人也能如此，每个长眠于地下的人，都会在某一个清晨醒来，那该有多好。

　　也许，他们以另一种方式醒过来了。比如说，长成一棵风信子的样了。

天空
之城

三日

看到了神奇的金星伴月。

弯弯的一枚月，如眉。我知道这比喻很俗，然却是最贴切的。天空原也是有眉毛有眼睛的，月是眉毛，在它旁边伴着的那颗小星星，就是亮闪闪的眼睛了。它们俯瞰着大地上的一切，笑眯眯的，不着一言。

我走过一座桥，举目望去，惊住了。天空不着一物，只有一颗星，伴着一弯月。

我在那里看了很久，觉得满天空都灌满笑声，清澈的，清脆的。身边有人走过，有车经过。我很想叫住那些人，看啊，看看天呀。

他们不看，他们埋头走路。我有点替他们可惜，以为他们白白错过了好景致。然复而又想，他们也沐着这样的月光，他们已融入其中，成为这美好中的一分子。看与不看，也不打紧了。

这个时候，应该找久石让的《天空之城》来听。我也就听了。吉他版的最应眼前景，简洁，空旷，激荡，又带着忧伤，是什么触碰了灵魂。吹着风的天空之城啊，有花丛绕着。蓝白。榴红。云峰。山谷。树张着巨大的洞。等着谁呢？来了，园丁。身上长满草的园丁，肩上开着小花，粉红的，糯白的。来了，小王子。小王子的肩头上，歇着两只小鸟。小鸟快乐地嬉戏着。黑色的石头，红色的石头，铺满四周。

小王子说，假如你喜欢某个行星上的一朵花，在夜晚仰望星空的时候心情就会很愉快，感觉所有的行星都开满了花。

　　开在天空之城的花朵，万物共生。

　　生命之树，一直生长到那黑里头去，红里头去。

　　每个人心中都有一个属于自己的天空之城吧，一个可以生长灵魂的地方，自由，清纯，快乐，无所不为。

接受岁月
的馈赠

四日

是在一夕间老去的吧？我是。

早上，对着镜子梳头，看到额前有白光一闪，我心一惊，白头发么？

撩开额发，果真。两根，通体透亮。

拔下它们，托掌心里，细细看了几看。以后的以后，会有更多的白发冒出来的吧？终有一天，我也会像苇花白了头的。

也没有什么好说的，接受岁月的雕镂和馈赠吧。

某天，我会对着镜子里那个苇花白了头的人，笑着打招呼，你好啊，老太太。

嗯，这样也很好啊。

人生的路，你若无一遗漏，从少年，到白头。这才叫圆满呢。

去公园里赏蜡梅。

是那种成片成片大规模长着的。

花乱开。好多的已开过头了，有些蓬头散发的。

然还是美。是那种坦荡率性的自然美。

没有一种花不是坦荡率性着的，心中无碍，面上便无碍。有什么颜色，就端出什么颜色来。有什么芬芳，就端出什么芬芳来，不藏不掖。

人在花的跟前，总要露怯失了底气的。人比不过花的热情花的坦荡。

幸好，我可以携一袖的香，滋养滋养心灵。尽可能的，像花一样，活得坦荡率性一些，再坦荡率性一些。

梅骨
铮铮

五日

　　我不迷京剧。虽然，它迷倒众生。

　　迷倒众生的事物未必合我的性情。我站在京剧大师梅兰芳的梅园纪念馆前，我还是不愿说假话。不迷，仍是。我也只能听得了一段《贵妃醉酒》，因那服饰的华丽，水袖的妖娆，更兼那袅袅的舞姿，——动作比声音更叫我联想。

　　园中蜡梅开得泛滥，红梅尚结着花苞苞。梅先生端坐那里，一手执扇，风骨凛然。雨中，风吹着冷，也吹着蜡梅的香，醇且厚着。我在小甬道上走着，一两朵红梅，就在我脚步轻移间，顶着冷风，静悄悄开了。一旁的凤城河，汤汤淼淼。

　　泰州邮局的婷婷陪着我。婷婷，文如其名，好比一枝百合花，幽幽发着香。她陪我一个馆一个馆慢慢看。从"梅开中华"到"梅香四海"，到"梅骨铮铮"，到"梅德如玉"，到"梅根泰州"，看一个人怎样把他的骨头长成。

　　梨园世家，梅先生走着不一般的人生路。舞台上的惊艳八方。爱情的惊涛骇浪。他的蓄须明志，不畏残暴凶戾。他笔下的梅花，一朵一朵倔强地开。他一个人，就活过了别人的几生几世。

　　美！人格之美。梅骨铮铮最配他。

　　最让我动容的，是他率妻儿回泰州寻根。这个他从未曾到过的地方，

　　埋着他的根。祖父梅巧玲，在泰州长到 8 岁，被辗转贩卖，吃尽人间苦楚，后进得梨园学戏，终成京剧名角。他顺着祖父的足迹，一步一步，返回人生的最初。

　　知道来自哪里，才知道归往何处。他一生，做着一个明白人。

小寒 · 老街

六日

小寒。轻冷。

天空乍晴还阴。恰恰应和了这个节气，小寒小寒，它只是个爱装酷的小小少年，有点儿小冷俊。

午后，小睡了一会儿，做了一奇怪的梦。梦中，我住在一幢很矮小很矮小的房子里，每次进出，都得弯了腰才行。房间里没有电灯，只有一盏煤油灯。灯光昏黄，人的影子，在墙上晃啊晃的，无限的大。像在放皮影。我和姐姐，对着墙，晃动着手指，墙上就有了"小狗"追着"小鸡"跑，"小兔子"抱着"大萝卜"，真快乐啊。

醒来，怅然。我是怀念小时候了。

我已好久没想小时候的事了。它却不期而至，跑到我的梦里面。

我们以为的遗忘，记忆其实都帮我们收着的。那些走过的路，那些经过的人，那幢住过的房子，那些吃过的饭菜，不定什么时候，就跑了出来，与我们相偎而坐。

下午去了趟安丰老街。一段日子不去，会想念。我喜欢那里的草炉烧饼。还可以看到从前的理发匠，用剃刀，一刀一刀，慢慢儿替顾客剃着头。老木椅，老板凳，一旁是老式的收音机，里面有时唱黄梅戏，有时唱京剧。音质都沙哑了，然叫人看着听着，无端的喜欢又感动。

　　还有手工做鞋的。锥子。棉线。一针一线。崭新的布鞋，一双双，用麻绳穿起来，挂在墙壁上。黑面子白底子，散发出老棉布厚道的味道，全是些老光阴啊。我买一双带回。

　　也喜欢踩着那古老的黄石板，慢慢走。两边的老房子，紫黑紫黑地站在那儿。屋脊上一丛狗尾巴草，一脸深沉地静默着，仿佛它也是一段历史似的。

　　我感觉自己，是从从前走过来的，慢慢儿的，又走向从前去了。历史的延续，从未有过间断。想我也荣幸地成为其中的一粒，心里真的很感激。

爱上平庸

七日

读到一首诗，极好，题目叫《祝福你把平庸重新爱上》。

用笔抄写它。我喜欢抄写。逛书店或逛超市，什么也不买时，我准会买几支笔，和几本本子带回。笔最好是俏皮一点的，本子最好是带点古意的，这样书写时，心情会很愉快。

书写——这是顶风雅不过的事了。过去穷书生衣不遮体，食不果腹，却还能有风雅——卖字为生。我不以为那是潦倒。文人卖字，天经地义。就像农民卖粮一样。文字也是文人种的"粮食"，可以喂养更高级的灵魂。想他往小街当口一坐，笔在纸上游走，那等风雅，何人能及？

说歪了，还是说平庸。对，我抄写下这首诗，其中有一段特别让我动心，摘之：

让我们回家吧，带着长命百岁

带着炊烟，水罐，棉布和蔷薇

带着篱笆，窗户，远山和秋日

带着终于爱上的平庸

而我，最喜欢的是，一粒灯火，伴着一页薄纸。有花的清香，萦绕在侧。春天，就插枝桃吧。而冬天，就插枝梅。不用多，一枝，也就够了。

我在花香里写下，我对这个凡尘的眷念和爱：种子。庄稼。食物。草木。鸡鸭牛羊。虫鸣鸟叫。炊烟和老房子。巷道和青石板。雨伞和船。院墙上，一蓬的扁豆花，开得真叫好啊。——所有的鸡零狗碎。没办法的，我爱。

　　我生来，就是为了爱。

　　这一切，你也是喜欢的对不？它们有个通俗的名字，叫平庸。对，我就是爱着这样的平庸，且义无反顾。

刀子嘴，
豆腐心

八 日

　　水仙一盆里冒出四个花苞，另一盆里冒出六个花苞。用不了多久，它们就会擎着四簇花和六簇花，骄傲地踮着脚尖跳舞了，香会盛满一屋子的。—— 一想到这，我就满心欢喜。

　　仙客来还在层出不穷地开着，一盆玫粉，一盆大红。这花花期长，能一气开上三四个月不停歇。且一直咧着张大嘴巴笑，又傻又天真。

　　蟹爪兰的花，也是一盆玫粉，一盆大红。它开得慢条斯理的，一副斯文相，羞怯得像个小姑娘。我最喜它的玫粉色，是温柔得直往心尖上去的颜色。我新买一件衣，颜色跟它特别接近。我出门时爱穿，觉得那是披着一身的蟹爪兰了。

　　两盆仙人球，让我偏爱了。满盆的"荆棘"丛中，竟冒出一圈儿的小粉苞儿，像极了一圈儿的美人痣。想这么个披针带刺凌厉的主，居然也有着粉色的柔软，真叫我又惊讶又欢喜。看人看事，有时光看外表是不够的，强硬的外表下，常常包裹的是一颗粉软的心呢。

　　想起老家一个叫国英的女人，大我妈两岁。嘴皮子厉害得不得了，得理不饶人，村里人都说她凶。可就是这么个人，曾经跳到河里救起溺水的邻家孩子，自己差点上不了岸。家里也不算富裕，却常接济村东头的孤寡老太太。我也曾受过她的恩惠，那年我去外地上学，穷家里，缺的是钱。她遇见我，硬塞给我五块钱，让我买双新鞋穿。现在每每回老家，还听到她骂人，声音高而尖利。我笑着听，我妈也笑着听，说，她就这么个人，刀子嘴，豆腐心呢。

写到这里，我特别希望她能长命百岁。我妈也能。

一朵
阳光

九日

太阳的天，总叫人无端欢喜，心是敞亮着的，想跟着一朵阳光走。

一朵，花朵般的一朵。我看它伏在我的膝盖上，像只小白鸽。我站起来，它便跳到一旁我的吊兰上，跳到我的玫瑰莲上，跳到我的仙人球上。仙人球举着那么多的刺，它也不怕被刺着了。

这世上谁最强大？答案：阳光！

小时候爱跟太阳玩。拿了收藏的玻璃瓶底，或是一面小圆镜子，对着太阳晃，就会逗引得一朵阳光来。几个孩子比赛着，让你的阳光和我的阳光赛跑。我的跳到房顶上去了，他的跳到窗台上、粮囤子上了，而她的则钻到桌底下去了。最爱的，还是对着彼此的脸上晃，看一朵阳光在对方的小脸蛋上，像只亮晶晶的大虫子，跳着、蹦着。跳进眼睛里，眼睛就得眯起来。那光亮太强了！

这么回忆着，真叫人的心柔软。我搁下在做的事，找到一面小镜子，像小时一样，对着太阳晃。一朵阳光很快跑过来，它随着我手的晃动，灵巧地扑腾着、跳动着，像只白蝶。它跳到我屋内的一些器物上，书上，器物和书上，顿时镶上了一颗亮闪闪的"钻石"。

楼下小孩子的笑声，飘上来，如鸟雀之音。每一粒笑声里，也都噙着一朵阳光。

那人下班归来。他的脸上，亦有一朵阳光在荡漾，他说，楼下的蜡梅香死了。

我笑，挽袖开始做饭。

世道和睦，阳光公允，人心安定……这才是我们所要的世界吧。

梦想

十日

　　上午没事，去书店里闲逛，碰到一对父女在挑书，小爸爸教育他身边的小女儿，人活着是要有梦想的，你也要有梦想，懂吗？那小女儿似懂非懂地点头。

　　我悄悄微笑，因他的话，一时竟有些恍惚。

　　小时，我也有过梦想的。

　　那时喜欢画画。一根竹枝儿在手，伏在泥地上，能画上大半天。有瓦匠来给我家砌灶台，他在灶台上用颜料画鱼戏荷花。我盯着看半天，那鱼，像活的，蹦跳着。那荷花，亦像真的开着。我觉得那瓦匠的伟大。我梦想要做那样的人，不为别的，只为能在灶台上画画。

　　我也梦想过做裁缝。村子里有裁缝，一刘姓女人。整天在屋子里焐着，面皮儿白白的，看上去，整洁得如同城里人。她又会变魔术，能把布头儿捏成花。一把皮尺子在手，手凉凉地滑过我的脖颈，然后，剪刀在布料上嚓嚓嚓。很快，一块布料，就变成漂亮的衣裳。——这在一个孩子的眼里，近乎神圣，让她大气儿也不敢出，只那么崇敬地望着，心里面立下宏愿来：长大了，我一定要做刘裁缝！

　　我还曾梦想过嫁到长桃树的人家去。我喜欢桃花满满开着的样子，那会儿，我小小的心里，会盛着千万只的小蝴蝶。到花落结果，那期盼就跟着一日一日生长，直到桃子成熟。一咬一口甜汁啊，满嘴里淌着蹿着。真想天天有桃吃。

最强烈最持久的一个梦想，当是做个摆书摊的人了。那时，我已识得些字，偶尔得了一本小人书，姐弟们轮番抢着翻，直到把那书翻烂了。书中的世界，有着万花筒般的神奇，轻轻一转，就是一种新奇和美。老街上有摆书摊的，他拥有几百本的小人书，他把摊子摆在那里，如同垂钓的老翁，悠闲自得地等着鱼儿上钩。我每回去，都是那自觉自愿上钩的鱼儿，直到用光身上最后一枚硬币。最后，恨不得脱了外套跟他换书看，只恨他不要我的破外套。

很想对现在的孩子说，你们真幸福，有那么多书可读，想读哪本，就读哪本。我也觉得我的幸福，终于富裕到我想买哪本书，就买哪本书了。富裕到我每日晨起，睁开眼睛，就能瞥见我床头上搁着的书。那是完全属于我的书，我能随意在上面做记号，我能随意在上面写上我读书的片言只语。

有书读，多好啊！

星星，
晚安

十一日

　　总是一眨眼的工夫，就到了晚上，就到了深夜。

　　我刚刚把一首诗抄完。每天抄一首诗，——这是今年以来，我对自己的要求。我以为，人的精神世界里，是要生长着一点诗歌的，好使自己活得年轻些、丰盈些、纯真些，甚至妖娆些。

　　我不大记得住我抄的诗。我也没打算记住它们，我只享受抄写的过程。那会儿，我洗净手，端坐桌边，摊开洁白的纸，一手握笔，嘴里念念有词。诗里的一个个香喷喷的字，就蹦到了我的唇上，蹦到了我的笔下，如水草般柔软轻荡。

　　炊烟饱满，白衣胜雪。也只有在诗里，人才活得这般从容不迫，雅性十足。

　　夜很宁静。我的心，养在诗歌里，也很宁静。

　　抄完诗，我习惯性地站到窗口去看看天空，天上悬浮着星星几颗，就在那楼房的上头，似乎一伸手，就能够着了。想起李白的《夜宿山寺》：

　　危楼高百尺，手可摘星辰。

　　不敢高声语，恐惊天上人。

　　想李白那么豪放洒脱的一个人，静夜里，当他独自面对头顶上的星星，藏在他身体内的一颗童心，也欢脱脱地跑出来了。他幻化成一个可爱的小孩，要跑去楼顶摘星星，怕惊动了天上的仙人，故跑着的时候，是屏声静气蹑手蹑脚的。

每个人的心中，都住着一个小孩。

星星，晚安！

练字
达人

十二日

　　那人迷上练字，练得有些走火入魔了。

　　我和他一同走路，他许久没发出声音来。我一扭头，发现他一边走，一边正举臂空中，手指在不停划拉着。咦，像长出两只虾脚来。你不要觉得奇怪，那是他在练字。

　　我和他坐在桌旁说话。本来说得好好的，他突然走神，手指在桌上移动，移动。横撇竖捺，横撇竖捺。啊，像个木偶人。你不要觉得奇怪，那是他在练字。

　　我和他去爬山。一转眼，他人不见了。我叫着他的名字，找啊，找啊，却发现他蹲在一草丛跟前。草丛里，掩映着一块石碑，石碑上刻着几行字，是隶书。据说为某皇帝所书。他盯着出神。瞧那样子，是恨不得他的眼珠子，是把刀子，能把那些字从石碑上给抠出来。你不要觉得奇怪，他的心里，正笔走龙蛇。

　　我和他进书店，他直奔书法专柜而去。我逛了半天，把书店全逛下来了，他还恋恋在书法专柜跟前。这本也想要，那本也想要，结果，他捧了满怀的书法书，还搭上我帮忙。问他，这么多你看得了吗？人家答得才好玩呢，说，看不了，放在家里我才放心。

　　说到家里，唉，都快被他的"墨宝"给淹了。餐桌上摊着，地板上摊着，沙发上摊着，床上摊着。我拉张椅子坐，发现椅子上也沾着墨汁了。不要说那些抹布，每隔两天，我就要换一块，——都被染上墨汁。更不要说他的衣上，也常有墨汁光顾了。

我不厌烦这些，反倒乐滋滋的，放任着他，撒野般的，天马行空去。

我是自他练字之后，才知道赵孟頫、杨凝式、米芾等人的，我原来从不涉及书法，如今也渐渐迷上，并能渐渐看出点门道来了。我其实很感激他，为我打开了一扇艺术之窗。不过，我从没跟他说过。我怕他得意。

这会儿，我在书房看书，他忽然兴冲冲跑过来，举着一张写好字的纸，对着我。

怎么样，有进步了没？他急切地看着我。

我煞有介事评点一番。当然，以鼓励肯定为主。我学过教育心理学，懂得适时鼓励的好处。他果真上当，又信心满满跑去练字了。

他说，我会练得一天比一天好的。

他说，人家八十岁还学画画呢，我现在开始练，再练个几十年，准没问题。

啊，我暗自窃笑。这才好呢，把一个贪恋酒杯之人，把一个闲下来总是坐不住之人，被练字给牢牢锁住手脚，让我时时能闻见墨香。

跟他说了，今年家里门上的春联，指定由他来写。

收藏

十三日

我安静地读书读报，无事打扰。

我一边读着，一边随手摘录着一些值得反复阅读的句子。也偶尔在另一本本子上，写下些随想，或一两句话，或一两个词。别人看见了，会摸不着头脑，也只我懂。例如我这会儿写下的是：看天是怎么黑的。我写下时，脑子里蹦出了很多个夜幕将降未降时的景象，我打算再重温一次，跟着天一起黑。

我在时间之中，时间在我之中，两两浑然不觉。一抬首，闻见人家的炒菜香。这都到傍晚了么？

看桌上，不知不觉，我已剪下一堆儿的小纸片，有些是小文章，有些是图片。看到心动的图片，我会收藏，好的美术作品、书法作品，或摄影作品，都值得日后一再玩味。我常常在一些图片中，猜想它们的背后，主人的模样和性情。山水花卉，笔锋线条，都融入太多个人情感因素，或温情款款，或飘逸俊朗。想它们的主人也是。

我收藏了一张敦煌北魏菩萨胸像图片。没事时，爱翻它出来细细端详。这是我见过的最好看的菩萨像了，面部饱满结实，眼睑低垂，柳眉弯弯，鼻梁端正，嘴唇柔软。神情端庄里，有着安详，有着敦厚，有着现世安稳。那迷人的笑，从图片中漫溢出来，让看的人，也不自觉微笑起来。

我在心里，对这个菩萨像背后的工匠默默致敬。或许是他的母亲，或许是他的妻子，也是这样的一脸温柔敦厚，他才能一斧一凿，创作出这么一个菩萨出来。他虽早已被历史的风尘湮没，但他精神的光辉，已融入这个菩萨迷人的笑容里面，成为永恒。

洪山
菜薹

十四日

远林给我寄来湖北特产——洪山菜薹。

别小看这菜薹，当年曾是贡品，被封为"金殿玉菜"。它外观呈喇叭状，色泽紫红。远林寄我的菜薹，还鲜活得很，蜜黄的花朵，很鲜艳地开在顶端。

我不知怎么个吃法。上网搜索一通，有说清炒的，有说炒腊肉的。

腊肉我没有，就清炒好了。

我照我的想法，把它切成薄片儿。黄花朵我没舍得扔，我揪下它来，找一空置的蓝瓶子，把它插进去。盛了一肚子寂寞的蓝瓶子，立马饱满起来，很有些光彩照人的了。我不由得一会儿就跑去看一下，疑心它会趁我不注意，载着那簇蜜黄的花，私奔去。

因这瓶意外之美，我一整天都很开心。

世上美好事物，本是俯首可得。只是我们都淡漠了，都懒了，一任那些空置着，枉等着。

来自湖北的菜薹清炒着，也挺清爽的，带着菜蔬的清香。我吃一口，想一下远在武汉的远林，想得心里藤蔓缠绕。我们没有见过面，我们的关系，是一个编辑和一个作者的关系。她编过我一本书，写林徽因的。正在编我的第二本书，一本散文集。

这样的相遇，刚刚好。

濠河日出

十五日

早起，在濠河边漫步。来过南通多次，这是我第一次深入它的内里，和它的皮肤一起呼吸。

西边天印着一枚月亮，在房屋的上头，在一簇竹子的上头。是黑夜临走时留的一个记号。而东边天，太阳已蓄势待发，如一粒弹丸似的。

沿着水走。看水中倒影，房屋、亭台、树木、花草，都清晰安宁得叫人发愣。水中一个世界，是那般怡然。早起的鹅，穿行于那些树木花草的倒影中，悠悠然游着。像白鸟飞过林间，惊起一圈圈涟漪。水面的波纹，是风细细的手掌。

有人在垂钓。我站旁边观望小半天，也没见他钓着什么上来。他不急，就那么持着鱼竿，等着。有时的垂钓，钓的是一份心境。水波在轻柔地驿动，晨光多美好！

有人对着一河的水，在练嗓子。嗓音高亢，水波起舞。

有人绕河小跑。有人在河边凉亭里吹笛，吹的是一曲《春光美》。冬天来了，春天还会远吗？——心里有春天，便日日是春天。

太阳也就冉冉升起来了。我从没觉得"冉冉"这个词有什么好，这会儿，我才体会到它的妙处。那真是缓慢而别开生面的一场分娩，红彤彤的太阳，一点一点蹦出来。似乎是从水里面蹦出来的，湿漉漉的，胖而圆。旁边的云霞，起初像件毛毯子似的裹着它，渐渐的，那毯子松开来，人家自己会跑会跳了。

　　它从濠河的那岸升起来，俯瞰众生。一座桥，桥上的行人、车辆，河岸边的房屋、树木，都成了它的剪影，像在上演着一出皮影戏。我很俗地轻叹一声，美啊！扭头去望西边天的月亮，月亮已不知于何时，悄悄隐退了。大地的声音渐渐喧腾起来，一座城，醒了。

幸福的源头

十六日

回了趟老家。妈说家里种的新米好吃。妈说家里种的青菜好吃。

妈都给我准备好了。

我回家，看到妈站在门口等我们，她的脚跟旁，一边立着一个袋子。妈说，一袋子是新米，一袋子是青菜。

妈笑嘻嘻的，带着感激的眼神，看着我们把新米和青菜搬上车。——妈那会儿的神情，除了"感激"，我还真找不到别的词来形容。妈不识字，妈没出过几趟远门，妈听不懂普通话，妈谦卑了一辈子。即便是在儿女跟前，她也仍是谦卑的。在妈的心里，她想的当是，儿女们还肯吃她种的粮食和蔬菜，还没嫌弃她老得不中用，就是对她最大的恩典了。

妈一定是这么想的。

妈说，乖乖，吃掉的话，就再回家来拿，家里多得是。妈的背是驼着的，望上去真瘦小，瘦小得我能轻轻抱起她。

我答应，哦，好的，吃掉了我们自会回来拿的。我不放心市场上卖的，哪有妈种的既安全又好吃。

妈就有些羞涩地笑了。

我低头，不看妈，故意说，妈，你还要多种些葱，多长些蒜，再种些荠菜，再长些萝卜，省得我去买。

妈忙忙答应，好的，好的，只要你喜欢吃，家里地方有的是，我多种些。

我当然喜欢吃。我说。背转过身，我抹掉就要溢出眼眶的泪。妈这个"粮仓"还能供我们索取几回呢？不能想，一想心就揪紧了，就很恐慌。我也只能，多往老家跑几趟，以"索取"的名义。我知道，妈喜欢我们这样，那是她余生活着的最大价值和意义了。

同事琴的母亲刚没了。她和母亲原是一个住城东头，一个住城西头。她下班晚了，就去母亲家蹭饭。有时，下班并不算晚，她也会跑去蹭饭。她说，骗骗我老母，让她高兴高兴。她母亲在花盆里长韭长葱。一日她来上班，喜滋滋提着一袋子嫩韭来，韭上还凝着晶莹的露珠。她说，我老母刚割下的，很嫩的，你们要不要分点儿？

我刚从我老母那里来，她给我做了韭菜摊饼吃，好吃得很。

我老母闲着没事，长了好些盆韭菜，长得都很肥。她还在一些盆子里长茄子，茄子都开花了。

琴滔滔不绝。

可是，她的老母亲突然走了。我半路上遇见她，她抱着我失声痛哭，说，我再没有妈可叫了。

她幸福的源头，就这样，断了。

我不知我幸福的源头什么时候会断。我要多多吃妈妈长的新米，多多吃妈妈种的蔬菜，一有空就回家。

闻香

十七日

冬趣之一，当是闻香。

闻蜡梅的香。

宜在静夜。

这个时候，一切的芜杂，都被黑夜收了。黑夜像什么呢？像一匹光滑柔软的黑缎子，就那么无边无际地罩下来。蜡梅的香，如潮水般涌起，一浪叠过一浪。如果你仔细听，似乎还听到它的呼啸之声。这样的呼啸，并不让人恐慌，反倒是楚楚动人的。

我晚归，走过小区的两棵蜡梅旁，它们的香，莽莽撞撞奔过来，把我撞得愣了一愣。夜凉，越发衬出那香的醇厚，仿佛搅拌搅拌，就可以拿它蒸馒头和蒸发糕了。

偏偏又甜。甜得销魂蚀骨，柔肠百结。真叫人受不了！

静夜无尘。看过去，一切的坚硬，都被蜡梅的香，泡得酥软了骨头。

一只猫，蹲在草地的台阶上，盯着蜡梅树发呆。我看它很久，它也没动。我走过去，弯腰想跟它打个招呼。猫不提防，竟被我吓了一跳，跳起来，"喵"一声，迅速跑进暗里头去了。

唐人齐己有"风递幽香出，禽窥素艳来"之诗句流传。一样的静夜，一样的梅树，花开幽幽，他遇着的是一只窥素艳的鸟。千年之后，我遇着的是一只闻香的猫。

好天

十八日

又是一个好天。

好天，这个词真是妙。如同好人，让人一见，有拥抱的冲动。

好天里，家家晒衣晒被子。老人们干脆搬把椅子，坐太阳底下，把自己给晾上了，一晾就是老半天。这样的好天，是老天爷的恩赐。

我写一会儿字，看一会儿阳光下的花们。时光是香的。

午后，给小窝来了一场清洁。我喜欢把房间打扫得干干净净。花盆上，有尘土。地板上、床上，有尘土。书橱上，有尘土。我一一擦拭，让它们面目清洁。

当有人把时间浪费在无端的猜忌、嫉妒和郁闷中时，我多想对他说，回家去吧，回家清理一下你的家，给自己一个明亮的居室，你的心灵也会变得洁净美好起来的。

晚上，出门去散步，闻见香。蜡梅之香，甜得可人。又望见一个大月亮。这几天，万物都见瘦了，唯独它，越发的丰盈起来。谁在供养它呢？是云么？是星星？是霜？是雪？不可思。唯不可思，人生才有意思吧。

这样的天，我是乐意多走些路的，身体轻盈。心若无碍，身体自会轻盈的吧。

邂逅两个场景，很是有趣：

之一，一男人边走边打电话。电话接通，那边传来女人的声音。男人问，你带了家门的钥匙吗？女人回，带了呀。男人高兴地说，哎呀，带了呀，我还以为你没带呢，正愁着怎么办呢，带了好，带了好。我今天不能去接你回家了，刚刚任强来喊我，叫我跟他一起去洗个澡。我们不是好些天没见了么，我就答应了。对不起啊，今天让你一个人回家。听不清那边女人回了啥，男人又嘀嘀咕咕说了很多的"对不起"，又关照女人，天冷，你回家时要把围巾围好了，手套戴好了。你不是带了个护膝么，不要怕麻烦，也穿上。

我在他后面慢慢走着，听着，忍不住微笑。他们是一对多么平凡，又是一对多么有爱的夫与妇啊。

之二，两个女人走过我身边，边走边聊，聊的是准备年货的事。一个女人说，我今天炸了两篮子鱼丸子，你要点儿不？另一个女人说，不要不要，我也准备炸点儿。你炸这么多做什么？这个女人就说，不是我吃的，是给儿子备着的，让他回来后好带走，放冰箱里，做饭时，往汤锅里搁几个，又简便又好吃。那个说，也是，也是。我家那个喜欢吃竹笋烧肉皮，我给他备了许多竹笋和肉皮了。这个就说，里面若再搁点小肉圆和木耳，再用骨头汤烧，味道才叫一个鲜呢。

听到这里，我恨不得立马飞奔回家，照她们说的方子，烧上一大锅的竹笋烧肉皮来。

凡尘里的活，多么温暖可亲，一烟一火，都是爱啊。

赞美

十九日

那人一进家门，就嗅着鼻子说，啊，我在楼道里就闻见家里的饭菜香了。

我回他一个笑，继续翻炒着锅里的菜。菜也只是家常菜，大蒜炒牛肉，菠菜炒鸡蛋，再加一个青菜豆腐汤。

饭菜上桌，热气蒸腾。他洗手坐桌边，由衷叹一声，真好啊。

一个家最叫人留恋的，该是这样的烟火相亲。不管你什么时候归来，都有一碗热汤，在等着你。

在淘宝上拍了一堆漂亮的本子，红黄绿蓝紫各一色，又素雅，又有古意。我喜欢在上面写写画画，画美人，画空山，画流水。还有各色软笔。还有一只卷笔刀。之所以说"只"，是因为它的造型，是一只穿着斑点衣的小瓢虫，实在可爱。

我把这只"小瓢虫"拍了照，发上网，让大家猜是啥。有说是录音用的。有说是 U 盘。有说是音响。少有人猜到，它只是只卷笔刀。

后来，终有一人在我后头留言，说，我和你一样，也喜欢收藏这些小东西，笔啊本子啊卷笔刀啊，是因为童年缺失。

吃了一惊。原来，我对这些东西的迷恋，只是想重新拥有一个童年。

给蟹爪兰喂了些苹果皮。

我真替它辛苦，开了那么多的花，满盆的红艳艳啊。

新买的一盆君子兰，花苞苞已咧开嘴了。我弯腰看它，为它鼓掌。

仙人球的花，花期短，积蓄了一年才开，也只开了三五天，就谢了。生命的意义，有时不在于长度，而在于厚度。它粉软绝美的样子，留在了时光里。

仙客来继续傻傻地天真着，每天都捧出新的花朵来，又丰腴，又绚丽。

有人问我，你养的花咋都开得那么好？

我想了想，大概因为，我把它们当生命一样尊重，常陪它们说话，常给予它们真诚的赞美。

有时候，赞美也是一种不可或缺的营养。对人如此。对花，亦如此。

喜气
洋洋

二十日

　　同事黄去西藏支教，寒假归来，我请他小聚。

　　高原之上，他水土不服。然他发回的照片却都是蓝天白云，和孩子们纯朴的笑脸。还有午后，操场边晒太阳睡觉的三只小狗。一切都很纯粹、宁静和安详。

　　下了一天的雨，停了。我先去看了两棵蜡梅，一树的"黄宝石"，沾着雨水，又水灵又晶亮。我有种冲动，想用它们穿条手链戴。

　　我带了一枝香给黄。他带了他的小姑娘来。小姑娘是我的小读者，很想见我。我让小姑娘点了她喜欢吃的。小姑娘喜欢油炸冰淇淋和糕点，黄喜欢炖凤爪。他说，好久没吃到家里炖得这么烂的凤爪了。

　　高原之上，所有的东西，都必须用高压锅才能煮熟，熟也只是八分熟。

　　有时在那边，望见家里人发的美食图片，那叫一个馋啊。

　　回家这几天，我却很不习惯了，觉得鼻子呼吸很不舒服，醉氧呢。

　　那里的天空，干净得能在里面洗澡。黄这么形容。

　　我听他说西藏。说牧民和孩子。"纯朴"是他用得最多的一个词。知道他要回家过年，那里的藏族孩子，竟要送他一头牦牛做新年礼物。他当然拒绝了。

　　想他千里迢迢带一头牦牛回来，委实有趣，我们都笑了。——那些孩子，心是金子做的。

　　饭后，我去逛了超市，买了些年货。中国结与红灯笼，每年必买。我旁边也有对夫妇在挑选。女的拿起一只红灯笼要买，男的说，家里挂着的那个，不是还好好的吗？女的答，那个脏了，也旧了，过年就要新的。

　　我听得笑起来，嗯，过年就要新的。这理由多充分！我又拿起一只红扇坠丢进购物车，准备挂书房的墙上。虽然去年的一只红扇坠尚还半新，但过年就要新的！

　　满载而归，喜气洋洋。

夜色
迷蒙

二十一日

写一篇有关蓝的文章，想起白居易的"春来江水绿如蓝"之句。白先生胸中有浩荡之气。蓝，是蓝草的蓝，是配得上这样的浩荡的。越浩荡，越趋于宁静和久远。

晚上，出门去散步，沿通榆河风光带，一直走到南边的惠阳大桥。

这是入冬以来的头一回。

路上几无行人，树木大抵都掉光叶了，尤其是银杏和白杨。

夜色迷蒙。路灯在涩冷的空气中，抖着，摇摇欲睡。树木们暗哑着，举着光秃秃的树枝。那人说，它们张牙舞爪的。我说，不，它们是行为艺术家。我想起诗里说的，当华美的叶片落尽，生命的脉络才历历可见。

它们，该是冬天里的诗人。

河里有船只往来不断，船头像火车头。不时有汽笛鸣响，"呜"的一声，拉得很长，往那黑里头钻过去，黑里头是远方。

隔水相望，我很想知道船上的人——他，或她，是什么样的人呢?

我们共同存在于这一尘世中，在同一时空里，遇见，又分别，却两不相知。

要下雪了

二十二日

暴风雪要来。电台电视台这几天，很是热播了一番。

那人回来，说，知道吧，要下雪了。

我答，哦。有些小遗憾，一切都是预知的，也便少了从前突然而至的惊喜了。

记忆里的冬天，有掉光叶的桃树。祖父蹲在桃树底下，用井水清洗蒸笼和糕箱。年脚下，家里要蒸馒头，要蒸年糕了。我们小孩子跑来跑去的，似乎很忙，而事实上，又没啥好忙的，只一味瞎高兴着，知道要过年了。天空是阴的，喜鹊蹲在枝头，也不肯叫了，它也嫌冷。祖父瞟一眼天空，忽然说，怕是要下雪了。

他的话音才落下不久，天空中果然飘起了雪粒子。起初也只是漫不经心的，散淡地飘着，随后，紧密起来，雪粒子变成梅花瓣，一瓣一瓣飞舞轻扬。我们在雪里面跑啊跳啊，那份雀跃的惊喜，如千万只小鸟，从心里面跑出来了。

现在，我们哪里还有雀跃！一切都是安排好了的，不出意外的。

而我，多么希望，人类的情感里，能多些这样的元素——想象、期待、盼望、牵挂、邂逅和惊喜。

雪人

二十三日

雪在窗外下着的时候，我很想跑出去，在雪地里走走。

想雪跋涉了多少的山，多少的水，才到达我这里。

雪轻飘飘的，绵无力。因着这般，才更惹人怜的吧。柔弱的人，永远比强势的人讨人喜。柔弱，是最不具有攻击性的，然又能克刚。

何况，它还那么洁白。它独占着那一份白，雪白的白。天地万物，都臣服在它的脚下，无一不显露出纯洁、友好的一面来。即便是衰败和腐朽，它也有本事把它们装扮得，如诗如画。

没有一个季节，像冬天这么表里如一。它只钟情于一种颜色，雪白。我们说冬天，必说是雪白的冬天。冬天的爱情，给了雪。冬天因它的爱情，变得纯洁。

童话故事，都应该发生在冬天才是。公主和王子的城堡，应该是用雪堆出来的。

雪一片一片落下时，是冷的，无声的，凋落的。可是，当它们被一双小手，轻轻拢在一起相互取暖时，它们就有了生命了。我看见雪人，端坐在一棵栾树下，想着自己的心思。有孩子摘下他的帽子，给它戴上。它看上去，更像一个怀揣着无数心思的人了。

我很想给这个雪人写一封信。

我也很想给那个摘下帽子的孩子写一封信。

在这个世上，拥有一颗纯洁的心，多么珍贵。

针线里的爱

二十四日

　　叠衣，发现那人一件袄的扣子掉了。取针，穿线，给他缝上。

　　在阳光充足的窗内，做这样的事，我觉得美好。

　　倘或这世上真有天生的东西，那么我对女红，就很有天赋。小时也没好衣裳穿，但我会鼓捣着在衣领上绣朵小花啥的。把寻常的纽扣，用碎花布包一包，再缝上去。简单粗糙的衣，就有了美。大人们见了，啧啧称奇，这小丫头，手咋这么巧？

　　家里也就常备着针线。有时兴致来了，我会做点小手工，给自己缝一个小包，或是盘一个发夹。儿子小时穿的内衣，全是我买了棉布，一针一线缝的。我和那人的衣裤哪里脱线了，也不用麻烦送缝纫店，我自己就能解决了。

　　一个能拈针穿线的女人，无疑是动人的。

　　看《红楼梦》，对薛宝钗我本不大喜。小小年纪，就学会了察言观色，上下圆融，四平八稳，跟只雪白的猫儿似的，找不到她丁点儿不好。快言快语的史湘云，把她当女神样崇拜着，有次湘云跟黛玉较劲，道："他再不放人一点儿，专挑人的不好，你自己便比世人好，也不犯着见一个打趣一个。指出一个人来，你敢挑他，我就伏你。"黛玉傻乎乎追问是谁。湘云道："你敢挑宝姐姐的短处，就算你是好的. 我算不如你，他怎么不及你呢。"

　　这样的女孩子，有点可怕。她把她的心，包裹在层层茧子里，你看不到她的真心。

　　然而，她到底露出女孩子天真柔美的一面。那会儿，宝玉挨了当爹的一顿痛揍，躺怡红院养伤呢，宝钗前去探望，瞧见袭人正坐在宝玉床头做针线活，是做给宝玉穿的白绫红里的兜肚，上面扎着鸳鸯戏莲的花样。袭人一针一线绣着那莲花，宝钗当即眼都直了，叹一声，"好鲜亮的活！"袭人和她闲扯，她也不上心，眼睛一直盯着那兜肚。后来，袭人脖子酸了，出去走走，宝钗也不在意，一蹲身，坐到袭人刚坐的地方，拿起针来，就低头绣了起来。

　　我把这一段描写，反反复复看了若干遍，看得欢喜不已。我很想走上前去，抱一抱宝钗，叫声"好姑娘"。我情愿她和宝玉百年好合。心地清高谈诗论文固然高雅，但却不能抵挡风寒。生活的厚实和温暖，靠的还是这体己的一针一线。那里面，藏着最深的情、最真的爱。

大扫除

二十五日

年前大扫除。

先要瘦身的是厨房。不知不觉，厨房已被各式各样的器皿塞满了。灶台上拥挤得也只能搁得下一块砧板。碗柜里更是塞得满满当当的，瓶瓶罐罐及各式碗碟叉勺之多，简直能开个小超市了。

我很惊诧，这些器皿物件是打什么时候积聚起来的？毫无疑问，它们肯定都是托我之手，一一搬回来的。那么，我当初要搬回它们做什么呢？我实在想不起。不会擀面的人，居然还备有好几根擀面棒。

那人举着擀面棒，笑问我，你这是要用来打狼的还是打虎的？

啊！我无言以对。

这些物件，平时少有问津，或根本就没有问津过。然在遇见的刹那，我却为之心动，为之心贪，不肯撒手。人的占有欲，是根本不讲道理的。

这回终下了狠心，动手一一打包。能送人的送人，不能送人的扔掉。一通整理，厨房变得整洁敞亮了，能在里面跳舞。

在这样的厨房里待着，真心觉得愉快，做出的饭菜,似也比往常香了。

生命中需要的东西，原不是我们想象的那么多。若论吃饭，说白了，一碗一筷，最多再添只盘子,添只汤碗,也就足矣。若论睡，一张床，一床被子也就行了。四季的衣裳，三两套够穿也就可以了。能够交心的朋友，拥有一两个，也就很满足了。对于心灵来说，装下太多，反而它会呼吸不畅不得自由。有时，只需留清风一缕，明月一枚，也就好了。

读书的意义

二十六日

　　现在不知道还有多少人会翻翻鲁迅的文集。

　　我翻。也不定翻什么，抽到哪本是哪本，翻到哪页读哪页。

　　今日随手翻到他的《而已集》。是他的杂感汇编。

　　杂感才是最真实的，它是一个人内心的剖白，不掺假，爱憎分明。

　　他谈读书。说有职业的读书，有嗜好的读书。说到职业读书，他打着比方说，"和木匠的磨斧头，裁缝的理针线并没有什么分别，并不见得高尚，有时还很苦痛，很可怜。"

　　说到嗜好的读书，他也打了个比方，"该如爱打牌的一样，天天打，夜夜打，连续地去打，有时被公安局捉去了，放出来之后还是打。诸君要知道真打牌的人的目的并不在于赢钱，而在有趣……我想，凡嗜好的读书，能够手不释卷的原因也就是这样。他在每一页每一页里，都得着深厚的趣味。"

　　他的这篇杂谈，发表于 1927 年。近一个世纪过去了，于今天，还很是行得通。只是现在嗜好读书的人，却是稀之又少了。普遍存在的，都是无奈何的职业读书的。比如学生。学生占了阅读群体的十分之九。学生为什么要读书？因为要考试啊，要博取个锦绣前程。

　　一叹。那种无奈何的职业的读书，看着着实煎熬，哪有半点乐趣可言？

　　我的读书，不是嗜好的读书，也不是职业的读书，它该是第三种吧，休闲的读书。当我不那么忙了，我会随手抽出一本书，去书中徜徉一会儿。遇到好的文字，就如同相遇知交，我会欣喜若狂。又好比闲庭散步，又好比游山玩水，纯粹的自然行走，不带目的，无有功利，心情自然轻松愉悦。

最怕有人问我，梅老师，你说读什么书有用呢？

啊，亲爱的，我不知道呢。我是杂食动物，啥都吃。且我也从来没有分辨过"有用"和"无用"。阅读对我的意义，就是，它填补了我的人生空白，适时清扫落在我心头的尘埃，让我变得洁净、愉悦和安宁。

遇见
小时候

二十七日

零下十一度。我有点不大相信，我们这里从未如此低寒过。

我窝在太阳底下读书写作，并不觉得这个冬天有多凛冽。

那人买菜归来，双手凉透，鼻头通红。

他说他跟菜农闲聊。那菜农告诉他，凌晨三点，他们就起床了，到地里去挖菜，地都冻得结结实实的。菜挑上来，还要清理干净，然后，驮到街上，来赶早市。

也不过卖了几块钱一斤。

谁都活得不容易哪。那人感叹。

我愣一愣，想起乡下的父母。嘱他，以后碰到他们，就多买点他们的菜，他们也就可以在寒风里少待一会儿了。

意外看见冰凌。

冰凌挂在我的晾衣架上。那里，前日曾有数粒雪，聚在上面，窃窃私语。

这冰凌，岂不是雪的骨头？

我为这晶莹剔透的"骨头"，大呼小叫起来。这不是大惊小怪，实在是现在能见到冰凌的机会，实在太少太少了。

小时，我们唤它"冻冻丁"。像唤一个调皮的小伙伴。一夜雨雪，第二天，茅屋檐下，准垂挂着一排这样的"冻冻丁"，长长短短。如琴弦，敲之，有叮当之音。简陋的房子，又如挂上了水晶帘子，太阳一照，亮晶晶闪银光，弄得我们的茅草房，像童话里的宫殿了。

这会儿，我看着这"冻冻丁"，心里欢喜，又略略忧伤起来。

我就这样，遇见了我的小时候。

福报

二十八日

看到一个感人的故事，记下：

一个小伙子，爱做公益之事，他常不定期的到献血中心去献血。

一次，他的血，在危急关头，拯救了一个女孩子的性命。

当时，女孩子因身体不适，到医院挂急诊。在就医过程中，突然大量失血，昏迷过去。医生紧急给女孩子输了十多袋血浆，然她的凝血功能失常，医生又加输了两袋分离式血小板，这才把她从鬼门关前拉回。

这最后的两袋分离式血小板，就是小伙子献的。

女孩子不知。

小伙子更不知。

彼时，他们是隔着山水，完全不相干的两个人。

九年之后，命运之舟驶着驶着，竟让他们于茫茫人海中相遇。他们相恋了，成了亲密恋人。

一次，女孩子跟小伙子闲聊，说起生命中那唯一一次生死经历，说起救她的最后两袋血小板。小伙子不经意地开玩笑道，不会是我献的血吧？

这句玩笑话，吊起了女孩子的好奇心。她很想知道，当年的那两袋救命血小板，到底是谁献的。女孩子踏上了漫漫寻访路，一番奔波辗转，还真让她给访出来了。结果让她惊呆了，救她的最后两袋血小板，真的是她爱的小伙子献的。

我信，每一段良缘，都是善缘。每一段牵手，都是福报。

生命体验
的一种

二十九日

牙齿又闹革命了。有一颗不能碰，一碰，就疼得钻心钻肺的。

我是拿它一点办法也没有的。

那就忽略它吧。

我装作不知道它的存在。我做我的事，读书，画画，听音乐，不时跑去阳台上看看花。君子兰已臃肿得像产妇了，花苞苞里的"小宝贝"，眼看着就要诞生了。

它该是个如花似玉的女孩子。我很期待。

我忘了那颗疼痛的牙。

只是，当我吃饭的时候，它却死皮赖脸跑出来捣蛋，一只煮鸡蛋，我也对付不了了。

我能认输么？不能。我把米粒、南瓜、青菜、豆子、大枣，统统混在一起，榨成糊糊喝下去。我在等糊糊熟的时候，翻桌上的一些随手记着。我喜欢瞎记，想到什么，就拖过一张纸来，往上面丢，随性，随意。我看到不知什么时候写下的这么一段话：

寒潮来时，雪来。雪是安慰；雪走后，天晴。阳光是安慰；阳光去了，雨至。雨滋润万物。这世上，没有一样是多余的，你都把它当作是生命的体验好了。这么想着，容易快乐和满足。

真是应景啊。我笑了。我的牙齿的疼痛，也是生命体验的一种呢，我且收着吧。

蜡梅
时光

三十日

姐姐一家来，进城来办年货。

姐姐把一年的进项掰给我听。姐夫在外做木工，一年有近十万的收入。娴丫头工作了，一年收入五六万。姐姐自己也没闲着，种地，养蚕，还到街上超市里打零工。单超市这块，一个月也有近两千块的收入。

我们也是小有钱的人了，姐姐很满足。她说，要一人一套新衣，全家光鲜地过年。

我说，必须的。挣钱干吗呀，挣钱就是让自己快乐呀。

我们应该都想到小时没衣裳穿的情景了。我穿她的衣改成的衣裤，她穿妈妈的衣改成的衣裤，上面缀着难看的补丁。——但我们都没提及。

我带姐姐去饭店，点了一桌菜，慢慢吃，慢慢说话。也不知都说了啥，但就是很开心。

亲人。我们是真正的亲人哪！

饭后，姐姐他们走，我们依依不舍了一小会儿。约定，正月初二在娘家见。

回家。途中拐弯去了市民广场，我去那里看蜡梅了。

小池塘边，栽有四五棵。它的香，在夜里闻着好。但它的样子，还得是大晴天赏着最佳。

蜡梅的模样，细巧，俊俏，妆容精致。那种蜜蜡似的黄，也只蜡梅才有。天空是那样的蓝，蓝得云丝儿也没有一点点，衬得蜡梅的花朵，越发的晶莹起来。摘一朵，直接可以做成个项链坠子挂着。

　　蜡梅的枝干，也是出色的，笔墨散淡，骨骼奇秀，有君子之风。

　　我不急着回家了。这个午后，我让自己慢下来，享用了一段蜡梅时光。

雪粉华，
舞梨花

三十一日

雪是七点零五分到来的。

那会儿，我正在跑步。慢跑。天冷，体育场的跑道上，人不多。只有两个男人在边走边聊天，他们用帽子围巾，把头裹得严严实实。我一边听音乐，一边跑，跑着跑着，出汗了。

挨着围墙边，长着一排白杨树。四季的更替，在它们身上最为鲜明。秋天的时候，跑道上铺着厚厚一层它们的落叶，踩上去，嘎嘣嘎嘣的，如嚼薯片。冬天，它们集体光了身子，裸露筋骨，经脉扩张着，跟顽强的斗士似的，不知要跟谁斗。就在我又一次仰望它们的时候，有东西打到树枝上，打到我脸上，发出剥剥之声。下雪了！

雪落有声，且是这么大声的！北宋诗人王禹偁说"冬宜密雪，有碎玉声"，原来，真是如此啊。

我看了一下时间，七点零五分。本来要回家的，因这雪，我又在操场上多走了两圈。我任它啄着我的发我的脸，看它在灯光下急速飞舞，像一群喧嚷的小虫子。

眼花缭乱。

下雪了，快回家么！两个男人冲我叫道。他们叫完，急急地走了。

我笑着回，好的，谢谢，就回了。然并没有即刻回去，我想等着看那"雪粉华，舞梨花，再不见烟村四五家"之景象。

我又陪雪走了很久。雪渐渐变大，真有了舞梨花之姿。远处的人家，渐渐没在雪里头。

从前的人，在这时候，最有雅兴的事，莫过于踏雪寻梅了。

梅在荒山野岭人迹罕至处，骑着毛驴叮当叮当跑过去。

或是，就那么踩着雪，一步一步嘎吱嘎吱走过去吧。

二月
February

虔 诚 的 牧 羊 人

草
木
染

静夜里，我敲着一些文字，恍惚间，那些文字，变成了一只一只的小白羊，而我，只是个虔诚的牧羊人。

雪时光

一日

一场好雪。

在我睡着的时候，它已把世界重新装扮了一遍。

谁也不能有雪那样的大手笔，一夕之间，能让一个世界彻底变了模样。

最惹看的，该是那些树木了。无论怎样的经脉毕现，干瘪清瘦，此刻，都变得丰盈。雪的花朵，肥硕地开在上面。

从前的人，在这时候，最有雅兴的事，莫过于踏雪寻梅了。梅在荒山野岭人迹罕至处，骑着毛驴叮当叮当跑过去。或是，就那么踩着雪，一步一步嘎吱嘎吱走过去吧。当远远瞅见那雪地里的一抹红，心里该有多惊喜！这哪里是去寻梅，这是去寻惊喜的，寻雪里面藏着的香和艳。

我一大清早，争分夺秒去看雪，一刻也不耽误。因为我知道，这个时候的雪，性情最是柔软，只要太阳稍稍照上一照，它就立即跟着太阳跑了。

梅是不用寻的，小区里有，路边有。现时已盛开了不少了，被雪的白包裹着，露出点点的红来。白与红，是绝配。

我穿了件玫红的袄子，有雪作背景，怎么样都是好看的。我捧雪撒向天空，化作满天飞花。想起一个人对我说，梅老师，你的内心仿佛住着很多个少女。我乐了。嗯，不错，活到八十，咱还要有颗少女心的。

看松上的雪，竹上的雪，路边椅子上的雪，它们各有各的风情。在松上的，坚毅；在竹上的，袅娜；在椅子上的，憨厚。我还跑去一条小河边，看雪映苇花。那驮着雪的苇花，像极了一只一只的灰喜鹊。

雪聚在一株株木芙蓉身上，像吐出了无数朵白棉花。我真想摘下它们来，拍拍掸掸，好纺成棉被盖。

想让太阳慢一点出来，可它不解我意，还是很快地升上来。它的吻印，落满雪的身上，我眼见那些雪，一点一点，消失殆尽。一切，又恢复成本来的样子，仿佛雪就从来没有来过。

也没有惆怅，也没有遗憾，我及时赶到，见证了它的美。世上许多人事的错失，原不在人事无情，而在于你的迟钝和懒惰。

我把今天的时光，命名为，雪时光。

迎接
贵宾

二日

收拾儿子的房间。给他床上铺上晒得松软的棉垫，给他换上干净的棉被。

新给他买的两套内衣，拿清水泡了，晾在太阳底下，好使他一回家，就可以洗澡换上。

定做了他喜欢吃的豆沙包子。

炸了他爱吃的肉丸。

他还喜欢吃一道菜，牛肉粉丝煲。那人为了买到正宗的牛肉，特地赶了早，跑到邻乡去买。那里的牛肉很出名，现宰现卖，一点不掺假。

万事齐备，只等他归。

我们戏称，在迎接贵宾。

却忽然地静默。我想起乡下的父母了，这会儿，他们也一定在备着我们喜欢吃的东西，也一定在收拾我们睡的床铺。尽管，我们回去拜年还早着。尽管，我们也只在家待一晚。但他们的准备，却从来没有丝毫的马虎，又认真又隆重。也如迎接贵宾。

是在朋友圈里看到的一则小故事：一个在外地工作的女孩，因节前加班，不能回家过年，她提前告诉了父母。除夕这天，她的父亲不顾她母亲的劝阻，还是顶着凛冽的寒风，一个人跑去小车站守候，一直等到深夜，所有的班车都停运了。父亲对母亲说："万一她是骗我们的呢？

万一她晚上就回来了呢？"

　　泪在看到这里时落下。父母子女一场，就是还债的与讨债的。父母永远欠着子女的，穷其一生，也还不清。而他们又极愿意这付出的偿还，甘之如饴。待子女成人后，自己做了父母，便又自觉地背起这偿还债务的担子，加倍偿还给自己的孩子。人类就是这样轮回着，一代一代，血脉相通，骨肉相连。

君子兰开了

三日

君子兰开了。

昨天看时，它还抿着个樱桃唇，羞答答的，欲语还休的。

今日去看，它已然打开小身体，嘴巴张开，五瓣合抱，像只造型独特的小喇叭，朝着天，轻轻吹着。里面粉粉的长长的花蕊，跟柔软的小虫子似的，昂着头，就要爬出来了。

这个冬天，我没少在它身上消磨时光。从它抽茎起，到茎上打起不起眼的绿色的花骨朵，我一步也没落下过。我眼见着那一茎之上，十粒花骨朵，一粒一粒冒出来，一日一日长大，一日一日饱满，又一日一日地上了色。先是浅粉，后是淡黄，后是深黄，再然后变成橘黄，最后成了橘红。

一朵先开，接着一朵，再接着一朵，按长幼顺序，不疾不徐的。

我打量着它，有说不出的欢喜。它举着橘红的花朵，像举着小火炬。那是它生命中的小火炬。它创造了属于它的小奇迹。

我们每个人也有自己的小火炬的吧。只要肯一步一步努力，梦想终会开花的。

回家

四日

当此时，每个人的脚步都是匆匆的，家去呵，家去。

——回家过年。

小城的街上，从没见过这么多的人，这么多的车。仿佛一场大雨后，大大小小的蘑菇，全从地底下冒了出来。哦，那么多的"蘑菇"！

都是从外地赶回家的。

我去修理头发。理发的价格成倍涨，说是春节价。小师傅们忙得很，脚不沾地，一天下来，腰都站酸了。客人还是一拨一拨的，如潮水。

年三十，他们就要关门的。

我们也要回家的嘛。一个来自安徽的小学徒，掏出一张车票，冲我晃晃，说，我是年三十早上的车，最迟，午后就能到家了。

我妈都熏好了鱼，风好了鸡，等我回去吃呢。我姐姐也回家了。他说，一脸的兴奋。

我问，来这里多久了？

他答，半年。

跟他开玩笑，就在我们这里过年不是很好么？你看，过年理发的价格都涨了，你还能多赚点儿。

好是好。他一边麻利地给我打理头发，一边飞快地答，可是，过年还是要回家的，我也有家呢。

　　他这一句"我也有家呢"，让我感动不已。俗语里讲，金窝银窝，不如自己的草窝。外面再好，哪抵得过家的温暖？ 家的小手轻轻一招，再坚硬的心，也会顷刻绵软成棉。

　　天冷就回家吧。

　　天黑就回家吧。

　　痛了就回家吧。

　　饿了、困了、累了就回家吧。

　　"我也有家呢"，——因这份拥有，纵使输掉全世界，也不怕的。

热腾腾的
热闹

五日

把矿泉水瓶一截两段，我在里面养胡萝卜头。

很快，它的头上，长出绿头发来。真正是绿头发呀，还是自动微微烫过的，卷曲有型。这半瓶子绿，搁在书桌上顶顶合适。我写一会儿字，看一眼它。

吃过的荔枝和枇杷，留下核来，被我栽到花盆里。它们也都长出来了，荔枝细挑个子，茎和叶，都略带紫红色，像个文静秀气的小丫头。枇杷则长得有些阔气了，一盆子满满的，都铺着它肥绿的枝叶。我想象它是个发了点横财的土财主。乐。

对我来说，生活里无一处不生长着好玩的东西。我愿意被这些好玩的事物所包围，我愿意成为它们的奴隶。

翻了会儿《城南旧事》。这本书，我拥有很多版本。我在不同的版本里，读那个小英子。

林海音还写过很多长篇和短篇，但都无法超越这一部。究其原因，我以为，这部作品里，有她真实的经历。一个人的经历，尤其是童年的经历，是独一无二的瑰宝。那也是很多作家创作的源头。

我把小学毕业文凭，放到书桌的抽屉里，再出来，老高已经替我雇好了到医院的车子。走过院子，看到那垂落的夹竹桃，我默念着：

爸爸的花儿落了，

我也不再是小孩子。

爸爸的花儿落了！每读到这里，我都要哽了喉咙。这里没有哭泣，可是仅这一句，就比任何哭泣都要来得沉重。

表达感情，并非要声嘶力竭。有时静默的力量，来得更强大。

上街去，想着要再添点过年的年货。

其实也不知要添什么。我只是想去看看热闹吧，那热腾腾的热闹，让我留恋得很。

我先去看了卖年画的。又去看了卖各色糕点的。包子铺门口围满人。我转身拐过两个街角，去看山东在此卖炒货的那对老夫妇。这几天，是他们顶忙的时候，那支在摊子旁的大铁锅，日夜不熄火，全是热腾腾的炒货。

我好不容易逮到个间隙，问他们买二斤炒瓜子。老妇人一见我，喜得眼睛眯缝起来，是妹妹呀！她叫道。因我时常路过，我们很熟悉了。我问她，你们什么时候回家？她快乐地答，二十九就走，能赶回家贴春联的。

好。我替他们高兴，那我们明年见。提前祝你们新年好啊。

老妇人笑着点点头，谢谢妹妹呀，也祝妹妹新年好啊。

俗世的欢喜，直抵心脏。

一袋韭菜

六日

昨日，收荒货的上门来，我把清理出的一堆过期的报纸和刊物，送给了他。

收荒货的男人感到颇意外，他问，不要钱？我答，不要。

哦，他低头，不再说什么，把地板上的零零碎碎全捆扎好了，又帮我清扫干净。出门前，他对我了道声谢，那，谢谢你了。

我点点头，道，走好。并未放心上。

今日一大早，却听到敲门声，开门，见是他。我惊讶，说，你昨天不是来过了么，我家里没荒货了呀。

男人看着我，笑，他举举手里提着的袋子，道，我是来送点韭菜给你家的，我自己家长的，一点农药也不曾泡过，你们放心吃吧。

我这才注意到，他提着一袋子韭菜，肥嫩肥嫩的，上面还沾着露。

他住城郊，有地二亩，一个女儿已出嫁了。他和老伴两个人，一个在家种地，一个出来收收荒货，小日子过得挺不错的。

我老伴刚去地里割的，他说。

我收下了韭菜。想说一些感动的话，结果，什么也没说。我只笑笑，道一声，谢谢了。

他也笑笑的，走了。

投之以桃，报之以李，这是人与人之间的交往，最舒适最愉悦的方式吧。

过年

七日

日头好着，天晴气朗的。

桌椅都擦拭干净了。

地板重新拖过了。

角角落落的灰尘，也都清理掉了。

窗台擦过。窗玻璃擦过。窗帘也拆下来洗了，晾干了，又重新挂上。

沙发上散落的书，也都归拢了。沙发又变得整洁，上面铺着绣花垫子，没有一丝褶皱。

花都开好了。蟹爪兰、仙客来、君子兰、水仙、长寿花、杜鹃，莺歌燕舞。

水果洗净，装在果盘里。苹果、香蕉、猕猴桃，再拿樱桃和小蜜橘搭配着。可吃，也可作清供。

糖果糕点也都备齐了。

锅上炖着汤。五谷杂粮在豆浆机里。屋子里飘着香。

门上的喜钱和春联都贴上了。房间里的小红灯笼也挂上了。

再贴张窗花吧。再贴张"福"字吧。

看着，像是住进了一幢新房子。

一切都是簇新的，欢欢喜喜的。感恩。

我们，开始过年了。

年味

八日

听着零星的鞭炮声，稀稀疏疏，又近又遥远。

这是过年。

我们家没放鞭炮。好几年不放了。觉得它吵得慌，又不环保，还费钱。拿那个钱，可以买好几本书看的，——这是我的小算盘。

小时却特别热衷这个，听那鞭炮燃炸起来，嘭嘭嘭的，是要把小心脏炸上天的呀。围在旁边又是拍手又是跳，真高兴。

除夕之夜是注定睡不着的，兴奋是一个原因。还有个原因是晚上吃太多了，肚子胀得难受，——那份难受，又是可以承受的，也甘愿去承受的。想着第二天还有好吃的，更有好玩的，挑花担呀，舞龙灯呀，唱道情的也上门了，真是太兴奋了。

这家那家的鞭炮声，前赴后继，能一直持续到大天亮。一个村庄那么安静呀，又那么的热闹喧腾。世间所有的快乐，仿佛一夕间都聚了来。贫穷里的光亮，把一个世界照得新鲜灿烂。

一些老风俗也让我们小孩子兴趣盎然。比如，大年初一早上，家里的男主人得先起床，他在屋内放三个响鞭子（小爆竹），这才把门打开。然后，我们陆续起床。起床前第一件事，是先吃一口在床头搁着的糕点，才好开口说话。那糕点是晚上祖母分配好了的，一人一只小碗，里面搁着云片糕一块，糖果几粒。寓意是开口甜。那么，新年里所有的祝福，都是幸福甜蜜的。

　　早饭前，还要在门外先放一挂鞭炮，在鞭炮噼呖啪啦的声响中，我们一窝蜂地，抢着去草堆上拔草，去井里汲水，——要给灶膛里涨草，要给水缸里涨水。这习俗我们做了好多年，也不知啥意思，但做着时，真快乐。现在想想，大抵是祈愿新的一年里，都有草烧，都有水喝。那时家家都缺柴火。那时，小孩子日常的工作，就是扛着个竹耙去拾草，那成了乡村的一道风景线。

　　我把先吃口糕点再开口说话的习俗，沿袭下来了。我儿子小的时候，我每年也在他床头搁一只小碗，里面装上云片糕和糖果。这是年味的一种，我希望我的孩子能记住。他显然早已接受，并自觉自愿去做这件事了。晚上临上床前，他拿了糕点搁在床头柜上，又搁了两块在我床边。今日清早，他吃了床边的云片糕，这才走进我的房间，开口道，老妈，新年快乐！祝你越活越年轻呀。

聚散
总有时

九日

　　去老家拜年。兄妹四个，一个都不少。加上各自的孩子，往父母跟前一站，是很浩荡的一支队伍了。

　　我只愿在这亲情里泡着，迟迟归。

　　去屋后看竹林和小河。小河里泊着小船，孩子们都争着划小船玩。

　　从前的时光，就这样，被他们轻轻划起，荡过一片水域去了。

　　我站在岸上，笑着看，心里生出惆怅和难过来。光阴似流水，无声无息，一年一年的。父母老了，他们是那么依赖我们。从我们回家起，他们脸上的笑，就没掉下来过。

　　我希望日头慢些走，再慢些走。

　　然日头还是偏了。短短的相聚后，将是长长的别离。父母的屋子，又将重归冷清，他们又将重新数着日头，盼着节假日，盼着我们归。

　　我想起小时过年，心里总是一边欢喜，一边惆怅。喜的是，满眼的和气簇新，热闹欢聚，蒸腾喧闹。然日头太短，也才追着看了两场挑花担和舞龙灯，也才跟着跑了两三个生产队，日头就斜了，喧腾的热气就渐渐散了、冷了，新鞋也沾上土了，新衣的袖子上，有了油渍。想着这热闹着的簇新，就要变旧，一切都将安静下来，以后的日子，还要守着清风瘦月，度着漫长，心里难过得要哭了。

　　天也就黑了。剩饭剩菜也还丰盛，胃口却不大好了。大人们商量着请年酒，商量着还要走访哪些亲戚，我这才又变得高兴起来。一个正月，还有好多的人要去拜访呢！还有好多的热闹在等着……

我年迈的父母的心，好比我们的小时候。只是除了我们，一个世界的热闹，他们也不大关心了。

天上一颗星，
地上一个人

十日

看到一天空的星星了。如灶膛里的火星子，蹦蹦跳跳的。

我欢呼起来，看，星星啊。

我爸看一眼，表现得很淡定，说，没什么的，我们这里天天晚上有的。

我的孩子为了配合我的欢呼，出来望一眼，说，冷。又钻进屋内去了。

我爸说，回屋吧，外面冷。那人也在屋内叫，别再冻着了，不然你的牙又要疼了。

我答，哦。脚却没动弹，这满满一天空的星星，有点让我舍不得。

我索性沿着门前的大路，慢慢向东走去。我走过同标家的门口了。他娶媳妇的时候，我还是个小孩子，为没在夜里等来新娘子而沮丧了很久。如今，那曾经做过新娘子的人，已长眠于地下。他们的孩子的孩子，都念小学了。

我走过朝平家的门口了。我曾和他家的大儿子打过一架。为什么打架呢？忘了。大抵是为了争抢一些柴草，或是为了一个玻璃球。小孩子之间，常为了芝麻小事发生"战争"，根本就是笑谈，可当时，是顶认真的。他抓破了我的脸，我咬了他的胳膊。他如今做了漆匠，常年在外，赚着好钱（我妈说，漆匠的工钱可贵啦）。我们有一次遇见过，他也见老了，笑着喊我"梅"。而朝平，已于前年病故了。

我走过尚红家的门口了。那是当年我们村最富裕的人家，我们喝玉米稀饭的时候，他们家能喝上米粥。原因是，尚红是整个村唯一的木匠。他靠着手艺，赚着大米。我和我姐出嫁时，那嫁妆，就是他帮着打的。他是什么时候走的？我一点也没印象了。他好像走了很多年了。他的儿子继承了他的手艺。

我走过福立家的门口了。他家生了七个女儿，被村里人称为"七仙女"。我曾写过他们家的故事，在《你的光影，我的流年》中。走过他们家门口时，我注意看了看，屋子里没有灯光，门口蹲着一个草垛子。一只狗，突然从后面蹿出来，吠了两声，看我没恶意，它又退回去了。

我走过一片桑树地。又走过一片小麦田。然后，再走到油菜地。星星们一路跟着我，我很满意它们跟着。

天空很矮，就在一棵泡桐树的上头，似乎爬到那棵树的树顶，就可以够着了。然它又很高，我走到那棵树的下面，再仰头看时，它已隔得遥遥的了。只有星星们在对我眨眼睛。星星的睫毛一定很长吧？

我祖父祖母的坟，就葬在那些星星的下面。我对着他们的墓地，望了一会儿。祖母说过，天上一颗星，地上一个人。属于她的那颗星星，不在天上了。它落到地上来，在她的坟头上，长出了荠菜和野萝卜。

春雪

十一日

雪又至。

该叫它春雪了。

这场雪不是细粒儿，不是硬生生地砸下来，而是软绵绵的，樱花似的。它在半空中开着开着，就谢了。从前，在我们乡下，都叫这样的雪，烂雪。乍听，像骂人的。其实不是，反倒是含了嗔宠在里头的。就像一个腼腆的女孩子，见她不开口招呼人，做父母的往往会替她打圆场，道，她呀，就是个锅边锈，见不得大方的，你们别计较。

"锅边锈"这个词是地道的方言，现在已少有人能懂了。我之所以印象深刻，是因为小时，老被我奶奶说成"锅边锈"，那语气里一半嗔，一半宠。穷家里的孩子，是那么自卑和害羞，却又极自尊自爱，很骨气。

现在我想着这个词，觉得它的有意思。从前人家都用铁锅，油水少，锅极容易生锈。锅边上一圈儿铁锈红，每次煮饭炒菜，都得拿抹布使命擦洗。用这来形容一个人不开窍很木讷，真是生动又家常。

春雪它害着什么羞呢？是知一个春天快来了，它露怯了么？

一个女人，慢悠悠的，走过我的楼前。雪在她的身边舞，她视而不见，继续慢悠悠地走，走向她的家。

一个男人，晃晃荡荡的，从一个楼道口出来。他在楼道口停了一停，看看天。我几乎看到他脸上的笑了。然后，他的双手插到裤兜里，晃晃荡荡的，向小区大门口走去。雪，一路跟着他，像欢跳的小虫子，扑前扑后的。

一只鸟，婉转地鸣唱着，掠过地面而飞，身上有着好看的蓝斑纹。它似乎要跟雪比试一下，看谁的舞姿更美。

乡下的麦子们，可以饱吸一顿"琼浆"了。这春雪酿造的琼浆。

越剧
时光

十二日

喜欢越剧，从小就喜欢。

年少时，家里有一台收音机。我和我姐常争抢，她爱听里面说书的，我爱听里面唱越剧的。

起初也听不懂唱什么，只觉得那音律的缠绵与深情。是花慢慢开着，月慢慢长着，风慢慢摇着，露水轻轻落着。时光是那么的慢啊慢啊，像一根丝绸带子，被风吹得荡荡的，飘到半空中去了。一颗心被那根带子，绕啊绕的，千回万转的了。欢喜，忧伤，又是怅怅的。也不知惆怅些什么。

我奶奶也爱听越剧。她最爱听的是《梁山伯与祝英台》。颇奇怪她一个乡下老太太，居然听得懂里面唱什么，听到《十八相送》那一段，她每每要跺着小脚叹，呆子啊呆子啊，这个英台，她明明是个女的呀。

夏天的时候，越剧《红楼梦》到乡下来放，四里八乡的人都来了，人山人海，踩掉旁边好几亩地的水稻。结果是，人人都会哼唱一句：天上掉下个林妹妹。

那壮观场面，我今生只见过一次。

听过有人用普通话唱越剧的，整个的全变了味。好像骨头汤里掺了大量的水。

唱越剧，也只有那吴侬软语才相配，丝丝入扣。是细雨点洒落花蕊前。胡琴咿呀，慢板轻拍，吴侬软语一个一个吐出，拽着长长的尾音。

藤蔓牵绕，莲步缓移，一字一句里，都是白月光在轻轻落呀。一夕间，已千年。

今日我听的是《玉蜻蜓》。尹派的唱腔，很是婉转清丽。这其中的代表人物，要数王君安了。她的女扮男装，实在俊美飘逸，唱腔更是清丽脱俗。《玉蜻蜓》里，她扮演的是苏州南濠巨富申贵升，爱上法华庵里的年轻尼姑王志贞，二人在罗汉堂内数罗汉，一个剖白挑逗，一个欲拒还迎，是鸟鸣山涧，是白云出岫。

王君安一口气把它唱下来，直唱得桃花纷飞：

三太，三太呀，笑你我要僧俗有缘三生幸，笑你我和诗酬韵在桃林。笑你我二八妙龄巧同岁，笑你我知音人不识知音人。他笑你种桃栽李惜春光，难耐黄卷与青灯。他笑我富贵荣华不在意，冷淡仕途薄功名。他笑你行医济世救众生，难救自己脱火坑。他笑我啊四书五经背如流，圣贤严训不经心。他笑我醉翁之意不在酒，他笑你口念弥陀假惺惺。笑我佯作轻狂态，笑你矫情冷如冰。笑我枉自痴情多，笑你不该少怜悯。长眉大仙呵呵笑，笑的是你瞒我我瞒你，错过青春无处寻，无处寻。

有这样的越剧可听，我觉得这人世待我，实在不错。

喜欢
张祜

十三日

读张祜的诗。对张公子这个人，产生莫大兴趣。

他不作科举文章，一生与仕途无缘，自称"处士"，活得自在又洒脱。

人常说，物以类聚，人以群分。看一个人的品性和格调如何，只要看他所交往的朋友，大致也就能明白七八分了。跟张祜来往的都是些什么人呢？令狐楚是最暖心的一个。杜牧是最知心的一个。白居易是能唱和诗文的一个。——没有一个不是重量级的。

令狐楚任天平军节度使时，曾亲自起草奏章，力荐张祜，赞他"诗赋风格罕有人比"。杜牧曾写诗赠他：

何人得似张公子，千首诗轻万户侯。

白居易对他的《观猎诗》赞不绝口，认为与王维的《观猎诗》不相上下。

他死后，太常博士皮日休送挽诗：

一代交游非不贵，五湖风月合教贫。

魂应绝地为才鬼，名与遗篇在史臣。

他的诗作颇多，《何满子》该是流传最广的了：

故园三千里，深宫二十年。

一声何满子，双泪落君前。

貌似平淡的诉说，却悲声难抑。他的"三千里"和"二十年"，就把一个深宫女子人生的悲苦，全写尽了。相传唐武宗临终前，宣一孟才人为他唱此曲，那才人唱到"双泪落君前"时，竟深同感受，当场气绝身亡。

　　捡拾点他的小趣事。一日，他与朋友令狐楚饮酒，喝酒是要行酒令的，令狐楚就让张祜改令。令狐楚先行小令：

　　上水船，风又急，帆下人，须好立。

　　张祜立即对答道：

　　上水船，船底破，好看客，莫倚柁。

　　这里的"看"是照看之意，"柁"通"舵"。风急么，浪自然就大，容易把船底打破的。艄公们可要照看好船上的客人啊，不要叫他碰着了船舵，翻了船哎。这应对的机智和风趣，令人莞尔。

今夕何夕，
见此良人

十四日

多好的天！多好的太阳和云朵！

蓝与白，闪闪亮亮。世界通明。

把被子捧到太阳下晒了。每日里能闻着阳光的味道入睡，是人生之大幸。

空气中已闻到春的气息。

我截取了一段时间，把它交给大自然。我一路往西。西边有个很大的植物园，且这一路上的花草树木多不胜数。

蜡梅还在开着，香着。梅花的花讯已散布得满世界都是。有些枝头上，已簪满红花朵白花朵。像微笑着的女儿家的脸。

月季结出的果实也好看，一颗一颗的红珠子，像入了禅。

遇到一丛很有意思的芦苇。它的身下，是一条浅沟。旁有田畴相伴，又有河流环绕，有人家住在河流的一侧。隔着一段距离看过去，那些褐色的苇花，颇似一只只小麻雀，在蓝天下扑腾着。越看越像。到晚上，它们是不是要借宿到人家的檐下去？

说到小麻雀，眼前真的飞过一群来，像是去赶集，叽叽喳喳，匆匆忙忙。有鸟站在高高的泡桐树上唱歌，好听得直往人心里钻。我站着静静听了会儿，听得笑起来。鸟们总是一副兴高采烈的样子。用什么词来形容它们的歌声才算准确呢？甜脆？清灵？纯净？清脆？明亮？怎么形容都不为过。那声音里，已含着一个春。

夕阳向着天边跑去，它急着要去成亲。

西边天的洞房已布置好了，大红的"喜"字贴起来，大红的对联挂起来，大红的灯笼悬起来，大红的地毯铺开来。锣鼓声嘭嘭嘭的，宾客满堂，彩衣缤纷。我眼见着这傍晚的"新娘"，它红着脸庞，羞答答地入了洞房。夜的帷幕，缓缓地拉下，宾客们这才渐渐散去，天空安静下来，良辰留给新人。

绸缪束薪，三星在天。今夕何夕，见此良人。子兮子兮，如此良人何！

我想到《诗经》里的那场婚礼了。

大姑

十五日

大姑走了。

她是我奶奶最大的女儿。我小时候见她，她就一头白发，很老的样子。其实那个时候，她也才四十岁不到。

她腿脚不便，是小儿麻痹症留下的后遗症。十年前，她彻底走不了路了，要"走路"时，得靠着一张板凳，慢慢往前挪。长年的弯腰驼背，使她的样子看上去，很有点奇怪。像只小母鸡。

她一生未曾生育。抱养了一个姑娘，比我大一岁，我该叫其"表姐"的。但我没叫过"表姐"，我直呼其名，桂兰。

我小的时候，有个亲戚来我家，端详过我之后，跟我奶奶说了一句话，这孩子长得很像银珠小时候呢。

我当时不知银珠是谁，以为是夸我呢。后得知"银珠"是大姑的小名，我很泄气。我怎么会长得像大姑呢！她那么的不美，还瘸着腿。

有一年过年走亲戚，我们一帮孩子都到了二姑家。大姑也去了，当时她问，哪个乖乖愿意跟我家去的？我家天天有大馒头吃哦。

等了很久，没一个孩子说去。最后，我说我去。我是做了思想斗争的，我是被馒头给吸引了。

大姑很激动，她一把搂过我去，说，还是我家梅最懂事，最疼大娘娘（我们那儿称姑姑都叫"娘娘"）。

那时不懂她为什么要激动。现在想着，她是寂寞失落得很的，亲戚家的孩子，没一个愿意跟她亲近。

那时交通不便，也没车，我是跟她走着去的。从午后，一直走到天黑。路上遇到一拨一拨走亲访友的人，大家在她背后学她走路，一瘸一拐着，惹得哄笑声连连，让我很替她羞愧。

我在她家住下。她买了一个玩具风车给表姐，没有给我买。我要玩，得问表姐借。也去地里挑猪草，篮子满了，她会夸，啊，我家兰小真有本事啊，能挑这么多猪草啊。我在旁边说，大娘娘，还有我呢。她就说，哦，我家梅也有本事，也能挑猪草了。眼睛并不看着我。每日里，她在灶膛里炕一只馒头，炕得焦黄焦黄的，散发出麦子好闻的香味儿。她掰下一大半给表姐，余下的给我，——她是很疼表姐的。

长夜漫长，她搂着表姐，亲着，一声一声叫，兰小呀，兰小呀，我的兰小呀。是把表姐揣在心口上的，惹我嫉妒。兰小呀，我就盼你长大后能养我呢，大姑对表姐说。

不久，我爸来接我，问我，在大娘娘家过得好不好？我答，不好。我是吃着表姐的醋的，认为大姑不公正。

后来我再没去过大姑家，我们难得见一次面了。一年一年的，她在我的记忆里，渐渐淡薄了。

有一年，我回老家，意外看见大姑也在。她一头白发，更白了。她伏在小板凳上，仰着头看我，梅啊梅啊的，很亲热地叫我。我唤一声"大娘娘"，也没多少的话跟她说。

后来，听说她彻底瘫痪了。我爸常去看她，有次看完她回来后，我爸眉头一直皱着，说，你大娘娘很可怜，睡在床上，也没个人问。

去送大姑。表姐披麻戴孝，笑着出来迎接，三亲六眷也都到齐了。没有人痛苦。走掉这样一个人，是多么正常的一件事啊。大家谈天说地。帮厨的出出进进，食物的香，在空气中搅腾。我慢慢退到角落里，努力想她的样子。

一个老人听说我在，捧着他写的一本书来找我，让我给看看，能不能出版。老人是个退休老师，平时很喜欢写写画画的。他说跟我大姑是同学，他记得我大姑很多事。

丁志珠是个很有志气的人，读书时很用功的。老人说。

她立志要做个医生的。老人说。

我这才知道，大姑是个读过书的人。她也曾如植物蓬勃过。也曾有过理想，在她年轻的心头激荡。

闲话
《菜根谭》

十六日

《菜根谭》是可以当作茶点的。

累了，倦了，喝口茶，吃口这样的点心，很提神。

世人对它的作者洪应明知之甚少，所以好奇者众。有猜他是久居山林的隐士。有猜他是独居荒僻寺庙的僧人。

这倒有趣了。红尘熙攘，似乎与他不宜，他非得是个清心寡欲的人才是。

他到底是不是呢？我今日翻开这本《菜根谭》时，忍不住幻想了一下：一座大山里头，一间破败的寺庙。一个身披破旧僧衣的僧人，吃山上野菜，喝山泉水。他于青灯下，打坐沉思，录下当日随想。

渐渐的，他集成这本格言式的《菜根谭》。每一句，都如一簇小火星，把人性的内里，世事的繁复照得分明。

他似乎有意把自己淡化了，隐去了。这段话应该是他心灵的写照：

风过疏竹，风去竹不留声；雁渡寒潭，雁去潭不留影。故君子事来而心始现，事去而心随空。

这真是很干净很果断的一种活法。我虽钦佩，也多有感触，却不能照办。我对这个熙攘的红尘，还有太多的留恋和牵挂。

空空如也自然清静，可到底寂寞冷清了，也少了温度了，于生命的活泼和生机，很不相宜。

活着

十七日

去"看"一个姑娘。

那个姑娘已不在了。

我不认识那个姑娘，我是从别人的悼文里知道她的。

姑娘很年轻，三十上下，长得很清秀，且写得一手好文字。翻看过她几张照片，如花似玉一女子，长发飘飘，在阳光下笑着，跳着。

谁也不能看出，这个时候，她已去日无多。

很重的病。

姑娘玩命地跟时间赛跑。她又有多少命可以玩呢？她积聚着全身尚存的气力，争分夺秒地写字，争分夺秒地行走，争分夺秒地享受花朵、阳光和雨露。

"终于再次看见天亮"——这是新年的第二天，姑娘写下的一句话。这寻常人绝对忽略掉的寻常，在姑娘，却是她活着的全部意义了。在和死神的对弈中，姑娘又一次侥幸取胜了。

曾经多少的雄心壮志，在而今，已浓缩成极卑微的一小点：只想静静地活着，像一根森林里无人问津的木头，像刮在墙上的泥子灰，像书店角落里永远不被翻阅的那本书，像终年不化的雪山，像从未被抵达的湖。

只要活着，哪怕是沉入永久的寂寞和荒芜里。

只要活着啊！

很遗憾，姑娘的愿望，落空了。姑娘走了。

我去网上书店拍下姑娘写的两本书。

我不会再抱怨什么。相对于"活着"来说，别的事，都是小事。

我们活着的每一天，都是赚了。

没有追求的人生是苍白的人生

十八日

之一，存在便是合理的。我尊重你的无知无聊，因为俗不可耐也是生活的一种。但请你也尊重他人的坚守和安静，那也是生活的一种。

之二，有些相聚，只会加速美好的消失和死亡。

之三，乌鸦整天呱呱着，再怎么在脸上搽粉，也不会变成白天鹅。

之四，爱得密不透风，只会令人窒息。真正的爱，是要给对方留一点空间，以便他（她）能好好呼吸。

之五，得意易忘形。无论你有多少光环加身，你也要记得常回头自省。要知道，你站得再高，你也是站在地球上。

之六，没有追求的人生，是苍白的人生。

晚归，看到月亮，像枚银簪子，插在西边天上，在一些房屋的后面，在一些树的后面。我在一棵红梅旁，停了停，弯腰，嗅了嗅那些小花朵，笑着跟它们道了声"晚安"。

我举着那样的笑，望向七楼我们的家。窗口映着灯光，杜鹃花开在窗台上。

迟开的
水仙花

十九日

买回的水仙，迟迟不开花。

别的花都开得泛滥了，它还是没开花。

它疯长得都快撑不住自己了，还是没开花。

我也就不大注意它了，由着它去。

午后，去厨房倒一杯水再出来，突然被一阵香温柔地啄了一下，啄在我的鼻尖上。是水仙的。

水仙开了！它在我完全没留意的时候，以这种方式，偷袭了我。

我对着它，细细端详。它和早开的水仙没什么两样，瓣瓣如青玉。它是迟到的美。当别人早已赏过了水仙花，我还有这样的一盆好赏。

我想起一个小男孩。

机场候机大厅里，他坐在年轻的妈妈身边。他好奇心重，不大坐得住，老跑开去，这里摸摸，那里瞅瞅，三番五次被妈妈捉住。妈妈把他按在椅子上，数糖果。

这是五颗糖果，这是四颗糖果，加起来一共多少颗呀？

妈妈吃两颗，宝宝吃五颗，一共多少颗呀？

宝宝有六颗，分给妈妈一颗，宝宝还有几颗呀？

小男孩没有心思答，他随口瞎说，说对了，妈妈喜笑颜开，夸，宝宝真聪明。说错了，妈妈就沉下脸，骂，你怎么这么笨！她越骂，小男孩越是答不出。做妈妈的就急得不得了，似乎那答案关乎身家性命。她按住小男孩不安分的身子，怒道，琴姨家的涂涂跟你一样大，人家都会算一百以内的加减法了，你连十以内的都不会！你这个笨瓜！

小男孩哭了，哭声很大。一些人的目光，投向他们。做妈妈的越发急了，她站起身，扔下小男孩，假装走，说，你再哭，妈妈不要你了。

当时，我很替那个妈妈难为情，恨不得代她找个地缝钻下去。

不知那个小男孩现在怎么样了。他或许，就是一朵迟开的水仙花啊，只是那个妈妈不知道。

风信子开了

二十日

风信子开了。

也似乎是突然间的事。因为昨日我去看时，它们尚无动静，今晨已是满盆春风含笑。

花开，从不大声喧哗。再绚烂再明艳，它们也不会喧哗。在它们，绽放本是件分内事，要高声叫嚷着做什么呢！这份内敛与本分，人怕是几辈子也学不来。人得好好修炼。

风信子的花，远看着，有点像做成火炬模样的冰淇淋。色泽极艳，颜色又丰富，鲜美欲滴，咬上一口，该是又香又醇，有奶香。它的花朵——不能以"枝"论，也不能以"朵"论，以"簇"来称呼吧。它是一簇一簇聚在一起开的。有点类似于绣球花的开法。只不过绣球花是球状的，它是火炬状的。

我国古籍里无此花记载。它也是外来客，又称洋水仙、时样锦。希腊神话中，它是美少年雅辛托斯的化身。希腊神话迷人，神话里又多美少年。这跟我国的神话不同，我国的神话里，美少年不多，美人也少，英雄却泛滥成灾。我喜欢美少年。由此看待风信子，就又多了几分喜欢。

风信子好长，盆栽可，水培亦可。我是盆栽的，是去年开过花的球茎，埋在土里重新萌发的。

我有两盆。一盆开红花，一盆开紫花。开红花的，我数了数，一簇上有小花十二朵。开紫花的我也数了数，一簇上有小花十八朵。

清少纳言
和她的
《枕草子》

二十一日

《枕草子》是一本散文随笔集。最初读它，我是冲着书名。书名有《诗经》之美。

事实上，"枕草子"只是一个普通的词组。"草子"，是指"卷子"或"册子"。也有人把它翻译成"草纸"。让它顿失诗意，沦落成庸常。

加一个"枕"字，大意是"枕边书写的册子"，——这是说得通的。这本集子，更像本日记，是一个世人称她"清少纳言"的女人，伏枕丢下的零零碎碎。

我断断续续地看着，前后大约花去一个多月时间，终于看完了。

它的史料价值，远高于它的文学性。所记录之事，日常，琐碎，甚至有些凌乱，大多与宫廷生活有关。那段光阴，应是清少纳言最为光华璀璨的一章，也是她颇为自得的一章。如同烟花，燃得正好，蓬勃绚烂。其后，一切皆化为灰烬，连余温也没有了。据说晚年的清少纳言，无所依靠，托身为尼。

书里多的是闲情逸致的记载。吟诗作对。品茗饮酒。情人约会。折梅赏雪。车马驿动，绫罗飘拂，——无一不是尊贵的优雅的。

我对这部分，读得兴味索然。倒是她记录自然的那部分，有珍珠钻石藏在里面。日出。月升。雪落。花开。一切她都饶有兴趣地看着，欢喜着。她说，凡事物，不论草木鸟虫，且不管是辗转听闻，或偶有所感，皆不可漠不关心。

她关注着细微中的情趣情味，在《枕草子》的开篇她便写道：

春，曙为最。逐渐转白的山顶，开始稍露光明，泛紫的细云轻飘其上。

轻笔几点，如蜻蜓点水，却意蕴无穷，颇有意思。

她写月亮：

月亮，以晓月为妙。东山之边端，冒出细弯弯的，才叫人感动呢。

此处着墨也不多，颇似自言自语，然一颗欢喜心跳跃而出。

她写雪：

自天而降者，以雪为最妙……

雪降在松皮葺顶上，十分赏心悦目，尤以似消未消之际，最称美妙。

降得不顶多的雪，沁入瓦缝中，有处纯白，有处乌黑，看来十分有趣。

亏她看得那么仔细啊，一千多年前日本的雪景，仿佛移到眼前。

她写山梅花：

贺茂祭的归途上，走过紫野附近的庶民平房，见矮墙之下，白色的小花纷纷开遍，着实耐人寻味，那情景，仿佛黄绿色的袍子上加添了一袭薄薄的白上衣似的，至于无花处，则好比是黄色的衣裳。

山梅若有知，当如遇知音吧。

然她又是个十分自恋，且自命清高的人。她在宫里任女官时，曾在皇后跟前说："凡事，若不是受人第一恩宠疼爱，便没意思，反不如遭人嫌恶算了。叫我屈居于第二、第三，那真是死也不甘心，必定要第一位才行。"

和她同时期的才女紫式部（《源氏物语》的作者），不惜笔墨，跟她叫板：

清少纳言这人端着好大的架子。她那样自以为是地书写汉字，其实，仔细看来，有很多地方倒未必都是妥善的。像她这种刻意想要凌越别人的，往往实际并不怎么好，到头来难免会落得可哀的下场；加以每好附庸风雅，故而即使索然无味的场合，也想勉强培养情绪，至于真有趣味之事，便一一不肯放过，那就自然不免出乎意料，或者流于浮疏了。像这般浮疏成性的人，其结果如何能有好的道理呢？

不知紫式部的这段话，清少纳言有没有看到。若看到，当暗喜，能被紫式部郑重其事地记录在案，并不掩嫉妒地对她表示了蔑视，说明她的分量何等之重。后来，她在一篇随笔的结尾，貌似不经意地写下这样的话：

我这儿说：有趣得很；可是别人却认为：毫无趣味；那才又有趣哩。

我以为，这是用来回应紫式部的。你蔑视我？好啊，我表示更大的蔑视。轻轻一笑，一句狠话也没有，就把你全比下去了。

她又是个敢于宣战的，对既定的命运，她不肯妥协：

　　我最看不起那些没什么志向指望，只一味老老实实待在家伺候丈夫，便自以为幸福的女人；其实，身家不错的千金小姐，应当出来见见世面，譬如说做一段时间的宫中内侍啦什么的，总要有机会跟人相处才好。

　　我在她的这番话旁画了个笑脸，我觉得她的可爱。千年之前，能掷地有声地说出这样一番话，她的骨头，该有多硬啊。

元宵节

二十二日

　　小时的元宵节，我是注定要惆怅要难过的。

　　不单我惆怅难过，我姐姐也惆怅难过。我弟弟也惆怅难过。所有的小孩都惆怅难过。

　　我们知道，这一天过去，年就走了，我们那无法无天的快乐，也就走了。

　　这一天，也就成了我们分分秒秒都不肯放弃的一天，我们想尽办法玩。

　　有什么可玩的呢？老风俗里，这一天，是要在每块地里，插上类似芦柴的一种植物。不知道那是什么意思。有一回我问我爸，他也不知道是什么意思，他说，这是老风俗啊。好吧，老风俗，我们很乐意有这样的老风俗，取了砍刀，砍上一捆来，奔跑着，在每块麦田里都插上。

　　最热闹最壮观的，是"炸麻团"。其实也就是烧野火。也不知从哪朝哪代，流传下来的风俗，元宵节这天，是要烧烧野火的。说是虫卵都寄生在一些荒草中，烧烧野火，就可以烧死那些虫卵，以保庄稼丰收。

　　没有孩子不喜欢玩火。平时被大人禁令着，不许玩火，不许玩火。这一天，可彻底放开了，从午后开始，凡是沟边河畔，只要有杂草的地方，均可去放上一把火。一边放，还一边拍手唱歌谣："正月半，炸麻团，爹爹炸了奶奶看。"一个村庄，都回荡着这样的歌声。

　　那时对歌谣里的炸麻团，深信不疑。猜着，那一定是真麻团。像老街上卖的，糯米面上，滚着炸得喷香的金色的芝麻，馅是黑芝麻的，一咬一口甜。挺期盼着，什么时候我们真的炸一回麻团呢？这样的期盼，一次也没有实现过。

"炸麻团"的最高潮，是在晚饭后。家家户户都扎了"麻团把子"，说白了，就是稻草扎的火把。这扎麻团把子，也有高低之分的。不会扎的人，胡乱扎一气，扎得很松。点上火，"嗡"一下燃起来，不经烧，还容易烧散了，烫到举着它的孩子。我爷爷的手艺，是很令我们骄傲的，他扎的麻团把子，结实，耐烧，我们举着它，围着门口的麦田，能跑上几十个来回，那麻团把子，还燃得好好的。

每家的小孩，都人手一个麻团把子，举着，挥着，田埂边便游着一条条火龙，东边呼，西边应。城里的花市，虽有火树银花，但绝对没有那份真趣的。

只是那样的快乐，何其短暂。手里的火把，也终于熄了。好些年了，这熄了的火把，没有再被点燃过。现在乡下的孩子，也不这么玩了。元宵节的时候，花灯很畅销，乡下孩子，也都能买上一盏了。只是他们玩了一会儿，就把它丢弃到一边，嚷道，真不好玩。

我很同情他们，他们到哪里去找真趣呢！

十六的月亮

二十三日

去阳台拉窗帘，看到一个面孔光洁的月亮，荡在空无一物的天上。像在荡秋千。

我吓一跳。

我常常被不期而至的美，吓着了。

真叫人发呆啊！

想想，是了，今日十六的。十五的月亮十六圆啊。

世人都赞赏中秋之月，以为那是好中之好，能够得见一面，觉得幸运幸福得不得了。岂不知，这寻常之夜之月，也不逊色分毫啊。

我不做那逐流中的一个。

在有月的夜晚，我坚定不移地先饱赏了再说，真真觉得自己捡了大便宜。

我用很多的词来形容它。丰腴。肥硕。美人皎兮。少年纯兮。

不好意思，"少年纯兮"是我瞎捏的。我觉得唯有这样比喻，才对得住它。这样的月亮，恰如希腊神话中的美少年，饱满，丰润，鲜嫩，又纯真如初。是年轻的花朵。

我跑下楼，在空地上仰望了一回月。又在一棵蜡梅树旁，望了一回月。我看它在蜡梅身上，雕镂出许多银色的花朵。

小区好静，只剩下我和月亮。

我邀请它去我家做客。上楼后，我没把窗户关严实，也没把窗帘拉严实。没准儿，它夜里会偷偷溜进我的屋子里的。

且携
一袖香走

二十四日

来南京看梅花。

每年都来。

梅花山的梅花最为集中。每年我和那人也都奔着梅花山而来。

有时时令不大听话，该到梅花盛放的时候，偏偏天气还寒着，还飘着雪。所以有好几次，我们是扑了空的。几百里驱车而来，也只看到梅花的瘦枝上面，冒着小疙瘩一般的花苞苞，像瘦弱的青年脸上，冒出的青春痘。也没有不高兴，看到了，就放心了。如同相约故人，我来赴约了，见着了，便是好了。哪管他是春风得意，或是清贫孤寂，都不关紧的。你在，就心安了。

今年来得刚刚好，满山满谷的梅花，都盛开了，腾起的颜色的雾霭，把一个天地，打造成仙境，人人得而成仙了。

各色各样的梅花，名字一个赛一个动听，颜色一个赛一个艳丽，千万个佳丽齐出场，叫人实在评不出，谁比谁更美。绿萼梅清秀，宫粉梅富态，玉蝶梅天真活泼，朱砂梅温婉大方……一个个，都拼了命地开，都跟英雄似的，有着抛头颅洒热血的气概。

站在梅树丛中，你根本不用移动脚步，举头是梅，低头还是梅。大朵大朵的云霞落下来，霓裳羽衣飘下来，大桶大桶的颜料泼下来，疑心着，它也泼了自己一身。皇帝老儿算什么。功名利禄算什么。这里才是江山永恒呢。不知那以梅为妻的和靖先生，当初是不是就这样被梅花激荡了情怀。

随便一个什么人，站到梅花丛中，都有着说不出的动人。哪怕是五大三粗一男人，眉眼间也有了温柔意。

且携一袖香走，到那云深深处。

查济

二十五日

　　昨晚就查好了，想到查济看看，也并不十分确定，因路途实在遥远。然一大早，那人说，我们去查济吧。我自然乐意。

　　九点从南京出发，一路上的冬景依然，春天似乎还在睡觉。却不妨碍我们的兴致，行走在路上，就好了。

　　到查济所在的宣城境内，被导航误导进大山里头。这对那人的车技来说，是个考验。他没开过盘山路。山路多急转弯，一会儿上，一会儿下，一路上都不曾遇到一个人。越走心里越起毛，怎么会呢，怎么会一个人也没有呢？

　　答案在要翻越山顶的时候揭晓了。原来，此山路才修成一半，另一半尚未修，全是坑坑洼洼的土路。对地形完全不熟悉的我们，只好硬着头皮往前开，车子每抖一下，我的小心脏就蹦出来一回，手心里全是汗。那会儿，真盼自己拥有特异功能，可以把我们的车，揣在口袋里带走。

　　忽见路边立着一间红瓦房子，像是有人居住的样子。大喜！有人烟的地方，就不愁走不出去。因这间红房子的激励，我们真的走出大山，到达查济。

　　一千四百多年的古村落，安安静静的，坐落在大山里。村人们过着从前的日子，他们坐在家门口拉家常。他们蹲在河边洗涮。河水不甚清澈，岸壁上绿苔爬满。房子东一幢西一幢的，都是黛瓦粉墙木头门窗，素面朝天。杂七杂八的杂物，胡乱堆着码着，也不怕人见着了笑话。它就这样，以它的真面目，迎着来客。

　　河穿村而过，桥多。桥是点缀，几无雷同。有拱着的，有平着的，有双桥，有水泥板的，有木头的。木桥上藤蔓缠绕。

祠堂多。庙宇多。有首写查济的诗，在好几处见到，我默念着记下来：

十里查村九里烟，三溪汇流万户间。

祠庙亭台塔影下，小桥流水杏花天。

从诗里可窥见，当年这个小村庄，人烟是很旺盛的，最多时，达十万之众。有一个家族，就建一座祠堂，大大小小，竟建有 108 座。据说庙宇也建有 108 座，桥梁也是 108 座。是取佛家之意，人生有108 种烦恼。这是当年的盛况。

现存的祠堂和庙宇已不多了，但保留得很完好，那上面的木雕、砖雕和石雕，每一块，都是上等工艺品。我在一座祠堂里，看石壁上的字，突然听得外面锣鼓响，跨了高高的门槛出门，一支迎亲队伍逶迤而来，新娘新郎被簇拥着，沿路分发着喜糖。我以为这是做表演的，旁边有人说，不是，不是，他们是真结婚的。村人和游客都呼拥上去，争抢喜糖。我正站着发呆，有人也往我手里塞了一把糖。这里的年轻人结婚，都要绕村子走一遍的，家家户户要吃到他们的喜糖。

热闹过后，人群散去。我和那人继续闲逛，一直逛到路尽头。路尽头是大山，是田畴。有村人在地里忙活，狗和鸡在四处闲溜。沿河边往回走，见到一所学校，还有一只小黄猫。有小店里卖桂花酒，店主说，甜呢。十五元一斤。我买一斤，咣当咣当提手上。

桃花潭

二十六日

桃花潭是个山里小镇，因李白而出名。

李白好酒。朋友汪伦以美酒相邀，他便乐颠颠跑去，每日两人以酒话诗，直把个桃花潭，过成了桃花源。

他走，汪伦不舍，岸边踏歌相送。李白于是赋诗相赠，这一赋，就赋成了千古绝唱：

李白乘舟将欲行，忽闻岸上踏歌声。

桃花潭水深千尺，不及汪伦送我情。

好建筑都建在潭边上。一律的徽派建筑，粉白的马头墙，鱼鳞般排列的黛瓦，倒映在如绿翡翠一般的潭水中，美得不像话了。我们去看当年他们话别的渡口，那渡口已成一个景点，叫"踏歌台"。渡口边有塑像，再现当年二人饮酒话别的场景。汪伦执卷坐着，朝向李白。李白酒大概喝到正酣处了，站着，挥着衣袖，仰天吟啸。

游人不多，或许因是旅游淡季。街上到处都是家庭客栈。当地生活也没什么不同，有客来时迎客，无客来时过自家小日子。潭边伏着洗衣的妇人。吸溜吸溜吃面条的中年男人，捧着只大碗，站在自家门口。面条里的酸菜味道，填满巷道。

一个桃花潭看完，我们经当地人指引，进山看太平湖。沿途有江叫"青弋"。好名字！江水倒映着两岸青山，真的如鸟飞弋。

　　山上的桃花开了。与平原的桃花略有区别，平原的桃花艳而泼辣，而山里的桃花，往粉里头去了，腾起一抹淡淡的烟雾。许是山水润着，它改了性子。

　　对岸房子如黛，青山多妩媚。有小船，在江里。船上女子着红衣。江上那一点红啊，像开在水里的一朵花。

我就这样
消磨着时光

二十七日

　　我想在今天的日记里写下：阳光。洁净。青菜面条。

　　阳光自然是今天的阳光。不好形容，太亮了，晃得人睁不开眼。

　　我给花草们松松土。小蚂蚁该出来了。小蜜蜂该出来了。小粉蝶们该出来了。

　　又给家里做清洁，一边听音乐台的节目。听来听去，还是喜欢听那些听熟的曲子。这当儿，听听《且吟春踪》很合宜。好，我就听它，循环着播放。我的小屋里，仿佛有流水淙淙。又有山谷幽幽，花开沸沸。

　　说到花开，我就不大坐得住了。春天以春天的样子，来了，我很小心地迎上去。我不要辜负，不要一点点。我看了梅花，去看山。看了山后，去看水。接下来，我要看桃花、杏花、梨花、菜花……我会把春天的花事，一一看尽。

　　我就这样消磨着时光。有什么不好呢？我看着一个家，在我的手底下变得洁净，我由衷地高兴。饿了，给自己下碗青菜面条吃。想到全世界的花就要开了，我止不住想笑。不定哪天，我一开门，就扑上来一树桃花呢。蜜蜂和小粉蝶们，也都跟着跑来了。我简直有些迫不及待了。

早春的夜晚

二十八日

二月末，风带着春的好意了。

晚上，可以外出散步了。风吹在脸上，有着暖意，带着花香。可能是梅花的香，结香的香，也可能是别的什么花。白天，我看到河边几丛迎春花，已星星点点开了一些。春天的花，说不清。

天空越来越明晰，星星也像花朵了，开在天上。这样的春天夜晚，叫人愉悦。尤其是船只驶过一河的水去，水声哗哗的，似怕痒痒似的，笑成一团。真是好啊。

有两只鸟，在一棵樟树上聊天，唧唧，啾啾，婉转得很。鸟的喉咙里，怕是装了个笛子的。要不然，怎么一开口，都是这么清丽？夜已降临好一会儿了，这两只鸟还无睡意，仍在啾啾地聊着。还伴有笑声，还伴有翅膀扑打的声音。那一定像极一个人高兴了，笑得四肢乱颤浑身乱抖。

这暗夜里，它们瞎高兴什么呢！是万物复苏，让它们高兴？还是一个冬天过后，终于久别重逢，让它们高兴？白天，它们到底遇上了什么好事儿了？它们止不住要诉说。

谁都有倾诉欲，诉说才是最本能的一种情感。只是倾听者往往难寻。

我站在那儿听它们诉说，听了很久。

虔诚的
牧羊人

二十九日

　　每个人一生都会做很多梦，能记得的，很少。梦是交给睡眠的，人在睡眠里，是到了另一个世界。

　　我却深刻地记得一个梦。一个幼年时期的梦。

　　那时候，我们一家十来口人，挤在三间茅草房里，在一个土墩子上独住，四周全是农田。也不寂寞，地里可玩的东西太多，随便一棵植物，也足够玩半天的。随便一只蚂蚁，也能让我趴在地上半晌。

　　我做梦了。是一个午后做的。梦中，白日头晃晃的，我正在家门口的场边玩耍，用棉线扣着一只天牛的角，拖着走。突然见到从南边，远远跑过来一群小白羊。像波涛一样的小白羊。它们似乎被什么追赶着，没命地朝我奔过来。我吓坏了，太害怕了，这么多的羊，它们会撞倒我的。我大叫起来，妈妈，我怕，羊啊！羊啊！

　　醒来，日头还高着，我大概是玩累了，睡在一个草垛子旁。我揉揉眼睛，身旁，没有一只羊。

　　这么多年了，我时常会想到这个梦，想到那样一群羊，它们是那么清晰。我不知道小白羊和我的命运，到底有着什么样的关联。

　　几年前，我去呼伦贝尔大草原，在那里遇到一群羊，在收割后的草场上。当我试图走近它们时，它们齐齐奔跑起来，扬起的草屑和灰尘，漫天漫地。它们跑了一段之后，停下来，回过头来望我。我突然想起童年的这个梦，它是要引我来这个大草原吗?

　　我也从没想过，今生，我会以文字为生。静夜里，我敲着一些文字，恍惚间，那些文字，变成了一只一只的小白羊，　而我，只是个虔诚的牧羊人。

我慢慢走着，有时停下来，等等风。

或者，等等一只蝴蝶，一只小野蜂。

回头望去，村庄的一排房子，安静在蓝天白云下。

三两株桃花，涂抹着一片云霞，在人家的屋旁。

三月
March

复 得 返 自 然

它们衬得天更蓝了，风更软了，一寸一寸的时光，都种上了相思。

三月，你好

一日

三月，你好。这么说着时，我的心，软了，我被感动到了。是被什么呢？是风吗？三月的风，真的不一样了，又轻软，又暖。有着深情厚谊。

是光吗？三月的光，该叫"春光"了，是五彩缤纷着的。打前锋的绿，早就按捺不住了，冲到前头来。"苔痕上阶绿，草色入帘青。"又，"长郊草色绿无涯。"真好，这绿！

是花吗？三月忙，花最忙。它们赶着趟儿来开群芳会。河边一簇一簇的迎春花，已开得灿烂起来。平时看上去乱七八糟着的那些枝枝蔓蔓，被小小的黄花朵缀着，都变得神采奕奕，风情万种。俗语说，人靠衣裳马靠鞍。说的是装扮的重要。植物是靠花朵装扮的。

紧接着，玉兰花该开了。海棠花该开了。茶花最不讲究，从冬开到春。花朵有碗口那么大，又傻又天真。

我也该收拾收拾，准备去看樱花了。去年犯了傻，因信了报上的宣传，跑到某地去看樱花，却扑了个空。不到时候人家是不开花的，——樱花也是骄傲的。

我也没有太失望，转头去看二月兰，去寻荠菜花和婆婆纳，也是满载而归。每一场相遇，都算不得辜负。

小城路边，栽有早樱。我也偶然间发现，大惊。花开得沸沸扬扬，并无人赏，人们神色淡然地路过它们，风吹，花落，落在他们肩上。他们也无知觉。我真想拽住一人，指给他看，你看哪，这是樱花哎，开得多好！

我们总是犯着这样的错，以为风景都在远方，巴巴地一路风尘地跑过去，踮着脚尖，送上谦卑且热烈的笑。岂不知，你所在的地方，亦是他人的远方。

这个三月，我想把身边的物事，一一寻访个遍。我以为，爱生活，得先从爱身边的物事开始。

蜂花檀
香皂

三日

"赭石色包装纸印有蜜蜂碎花图案，两层腰封横竖交叉，外加一个金色奖章贴图，组成了蜂花檀香皂89年不变的形象。生产这块檀香皂的上海制皂有限公司，至今已有94年的历史。"这是报上的一则新闻，不留意的人，一眼就滑过去了。留意的人，难免要心潮起伏一番。

小时，我是没见过香皂的。乡下人家，哪会用这个？那时乡人们洗衣用石碱，洗头用皂角。现在的孩子，根本不知皂角为何物了。它是一种树上结的果。树叫"皂角树"。那时不说家家都长，至少十家有九家吧，都栽有一棵皂角树的。在我小时的认知里，小麦水稻，是供我们吃的。皂角树呢，就是供我们洗衣洗头发的。乡下生长的很多植物，都自然为人所用，所以存在得天经地义合情合理。现在我翻阅资料，查到依据了：

用皂角加以何首乌研磨成粉末状，每日洗头，可减轻脱发白发状况。

怨不得我的头发这么黑，怕是从小洗太多皂角的缘故。

我是后来到老街上念中学时，才知除了石碱和皂角，还有香皂的。夏日的黄昏，我走过老街道，两旁的居民，搬把躺椅，穿干净的短衫，已坐在家门口纳凉了。他们洗好澡了，屋门前的檐沟里，积着奶白的洗澡水，散发出香皂好闻的味道。那时，心里面挺羡慕他们的，羡慕那好闻的香皂味道。

第一次见到蜂花檀香皂，是在中途转学来的一个女生那里。女生家境富足，身上穿的，手里用的，都与我们一般的同学不同。她弯腰在水池边洗手绢，旁边搁的就是一块蜂花檀香皂。走过的人，都要看一眼她，再看一眼那块香皂。我上课突然流鼻血，她借我手绢用，我不敢用，因为那块手绢太香太干净了。我很没出息地暗地里想，等将来，我有钱了，我要用香皂洗手绢，洗头发，洗澡，洗衣服，我要洗得喷喷香香的。

　　想起这些，真是好笑得有些心酸了。

求同
存异

三日

今儿看到一对年轻人，新婚不过才三个月，就闹起离婚来。询问原因，竟是因三观严重不合。女方说，上当了。男方也说，上当了。他们齐齐说，恋爱时，不是这样的。

恋爱时是什么样的？一个是阆苑仙葩，一个是美玉无瑕。

可婚姻不是在衣襟上绣花，婚姻是落到实处，一烟一火地过着的。三观合，纵然好。三观不合，又何妨？给对方留一个空间，求同存异，更利于婚姻的成长。

想我和那人，是多么不一样的两个人啊。譬如饮食，我偏爱糯的软的。他一吃糯的就头晕。我偏爱木耳和菇类菌类的，他也不爱。我不吃猪爪和猪头肉，不吃羊肉和兔肉，他却吃得欢。我吃不来海鲜，现在身体有病，更是一点不能碰了。他却一见到海鲜，就立即酥软了，融化了，他有过一人干掉一大海碗烧鳗鱼干的记录。我爱面食和各类点心，他爱米饭和玉米粥。他爱喝两口小酒，几乎是无酒不欢。我却一闻到酒味，就头晕。

我听的音乐，他不怎么听。我喜欢的小物件，他付之一笑。我喜欢小猫，他喜欢小狗。他拉开衣橱，从不记得再把橱门关上，我就跟着他后面关。他睡觉常忘了关灯，我睡时，就悄悄进去，把那灯关了。

我看的诗词，他不爱看。我读的书，他不爱读。他喜欢的野史趣闻人物传记，我也只是略翻翻。我爱看古装剧，他爱看战争片。他练书法，能列数出很多名家作品，说出它们的精妙之处来，我对书法却不通。我又出了什么书，写了什么文章，他不大记得住，也少有看过。

他跟什么人去喝酒，我极少问。他跟什么人在打乒乓球，我极少去打扰。我若关起书房门，他也极少跑进来。我若出门去逛，他会在我口袋里塞点钱，说声，慢慢逛啊，不要急着回来啊。

我们没有因为彼此的不同，而远离。我有我的世界，他有他的世界，我们又有着共同的世界。比方说，我迷恋花草。他就一盆一盆买来送我。在我的耳濡目染下，他也认识不少。一次，他的同事不识合欢，他在一旁很得意很大声道，我知道，这是合欢。我喜欢旅行，他陪我，渐渐地也爱上。我常有些无厘头的举动，夜半起来看星星；下大雨要跑去邻县看荷花；看到一幅杭州山沟沟的图片，立即搁下碗筷，拉上他便走。从前我们是两个小顽童，今后我们要努力做两个老顽童。

我们有最大的共同：善良，柔软，做人磊落，心地坦荡。看个电视新闻也会哭。常常是他的头转到那一边，我的头转到这一边，眼泪擦干了，再转过身来，指着对方，像抓住现行似的，哈，你哭了！

我们极少议论他人是非，不抱怨得失几何。这世上，没有绝对的好，也没有绝对的坏，任何事物，都存在两面性。我们愿意，看到阳光的一面，积极的一面。所以，不偏激，不固执。所以，我们永不厌倦地做着夫和妇。

清简

四日

每次上街，我都兴致勃勃，揣着那人给的钱，想大买一通。结果是，除了捧几盆花，或带两本书回来，什么也不会买。

一个人吃能吃多少呢？穿能穿多少呢？用能用多少呢？非我所需物品，纵使一眼看上了，喜欢了，买回来，也只是占有着罢了，与自己并无多大用处，反倒添了一层累赘，占了有限的空间。

我不买。我至多是兴致勃勃地发发狠，兴致勃勃地看看。下次想它们了，再跑过去看看。

我现在也较少收藏古董器物。我怕埋没了它们，堆我这儿，我不可能日日照拂，我也顶多拿它们来插花种草。

想起一个有趣的老头儿。老头儿是我爸的小学同学。祖上很有过一段辉煌，留下不少明清时期的茶盏碗碟，老头儿把这些个茶盏碗碟，全做了日常所用。别人对他说，这些是老古董啊，很值钱的，要小心收着。他哈哈一乐，物不为人所驱使，要物何用？

老头儿是个明白人。

但我插花，也不取那些古物。花草来自自然，让它们拘束于古器之中，反倒不自在。我喜欢随手取身边之物，啤酒瓶，芝麻罐，纸杯，洗衣液的瓶子，装蜂蜜的瓶子……妥帖安稳。那人喜喝两口酒，他喝完的酒瓶子酒瓮，统统归我。足够了。

　　今日，我带回一枝柳，插在一小酒瓮里。我说我是插了一枝春。

　　我端详着我的杰作，颇为自得。小酒瓮配柳枝，一个敦厚宽容，一个细腰袅娜，也算是良配呢。

我也只当
初见

五日

梅花开得很盛了。

出门也就能看到。河畔。路旁。公园里。

江南的梅，早已沸沸成一段往事了吧。在江北，它们才刚刚抵达，一切都还新鲜着。我也只当是初见。

黄昏时出门，一路看过去。有时是和几只鸟一起看。鸟停在一旁的柳树上，也不鸣啭，也不跳动，它们被哪朵花迷住了，一副喝醉酒的样子。我看看鸟，看看花，笑了。

有时，是和几只小蜜蜂一起看。小蜜蜂们忙得很，千万朵花，它们不知先吻哪一朵好了。就在花上面乱飞着，举棋不定。我恨不得替了它们，这朵呀，这朵呀！哦，哪一朵都是一样的。

真的一样。每朵花，都是精巧而细嫩着的。刚绽开时，一朵的红，特别艳。开着开着，那颜色就淡了下来，变成胭脂粉。一棵树看上去，浓妆淡抹，疏密有致，倒像是精心而为的。

我终于等到小蜜蜂，跟一朵花吻上了。它撅着小小屁股，头整个地埋进花朵里，完全地陶醉了。它和春天吻上了。夕照的光芒，像飘拂的丝线，一根一根拉下来。暖风轻轻拂着，一切，妙不可言。

一老人牵狗路过。我抬头，对他笑一笑，继续看我的花。他有些惊讶，还我一个笑，走了。走不几步，复返回来，问我，哎，你是不是姚三家的春兰?

　　我愣一愣,说,不是啊,我不是春兰。他有点尴尬,瞟一眼我跟前的梅花,嘿嘿笑着,喃喃道,看着真像,我还以为是呢。

　　他走了。我傻乐了很久,想着那个叫春兰的女人。

结香

六日

　　买回的小碗莲，在我每日勤快地为它换水后，终于冒出芽芽了。

　　嘱那人去屋后的小河边，挖点河泥回来。小碗莲得栽在河泥里，才能长成。

　　那人去去便回，一手托河泥，一手给我带回一枝结香。他兴冲冲地跑进书房，说，河边有两棵大大的结香，全开了！

　　唔，我知道。我笑望他。想那两棵结香，我散步时，总会拐去那里看一看的。我早知它们开花了。

　　我把他带回的结香，插在电脑旁的笔筒里。

　　下午，写了一会儿东西，被笔筒里的香，熏得三心二意的。到底坐不住了，我要看结香去。

　　人往往分不清梅花、樱花和海棠，也容易把迎春花和连翘搞混淆，但绝不会把结香误认成别的花。只因为，它太特别了，特别得独一无二，不好模仿和抄袭。

　　在开花前，有好长一段时间，它实在有些丑，一副穷困潦倒的样子，低头耷脑的，皮肤褐红，上面爬满斑斑点点。我们散步经过，那人看着它问，这是什么？我告诉他，结香。他"哦"一声，说，结香？没听说过，样子真不咋地。我说，它的枝条特别柔软，从前女子有了心上人，在此上面打结许愿，据说很灵验。他去试了一下，果真。我又说，你且等它开花了，准会吓一跳。

他果真被吓了一跳。

它的花，密密的。远远望着，就像一个很壮硕的人，撑着一把油纸伞。走近了，才看清，人家那是攒着一个一个的小球球呢，每个小球球上，密布着像小喇叭一样的小黄花，多达六七十朵（对，我数着玩了）。那香，不用说了，又浓又烈，莽撞得很。

我打量着它，悄悄为它鼓掌。多不简单啊，积蓄了这么久，为的就是这场华丽盛放。好，有盛放了就不枉一生了。

结香全株可入药。可治跌打损伤，风湿痛等病，能舒筋活络，消炎止痛。它的茎皮纤维可做高级纸及人造棉原料。

心灵 高地

七日

再次捧读陶渊明的《归去来兮辞》，读到"三径就荒，松菊犹存"，心里面"咯噔"了一下，不知为何，有种悲戚。

他出门数月，久别归来，与妻子儿女重逢，自是欢喜的。然接下来的日子，该如何面对？采菊东篱下，悠然见南山？果真有这样的诗意盎然，闲适悠闲么？倘若衣食无忧，归去田园，也算美好。可实在是，他已去无可去。

满篱的菊，当是灿烂。可再多的菊，也当不了饭吃。"余家贫，耕植不足以自给。幼稚盈室，瓶无储粟，生生所资，未见其术"，——这是他在序里面写的。生活的困窘，裸露无遗。当再读到他后面的"引壶觞以自酌，眄庭柯以怡颜，倚南窗以寄傲，审容膝之易安……策扶老以流憩，时矫首而遐观……景翳翳以将入，抚孤松而盘桓"，直让人要替他痛哭。这是他的理想国，然现实却是千疮百孔的。

看一个人写陶渊明，说他是个谨小慎微的人，他归隐乡野，只为小心避开现世的狂涛巨浪。这个观点我不赞同。无论出世，无论入世，他都是一个能在心中构筑桃花源的人，他要抵达的，是他的心灵高地。自古读书人，都有孤傲的品格，这样的孤傲，唯大自然能容得下。

木心最推崇陶渊明，说他是诗才古今第一人。清贫孤寂反倒成全了他，让他更能照见自己的灵魂，闲居少言，不慕荣利。

春天的脾气

八日

春天的脾气，最算不得温和，反复无常得厉害，晴了，就笑意融融的。阴了，又寒意逼人。但大家都很能容忍它的坏脾气，谁也不生它的气，还一个劲儿地赞美它，春天呀，春天呀。

花红柳绿，草长莺飞，都是属于春天的事。没办法，连上帝也偏爱春天一些。外面却下着雨，风也大。春天像是感冒了。

我在雨声风声里，把年前就在写的书，画上句号了。这本书，写了足足有半年了。写之前，我也不知道它会呈现出什么样子来。现在，它摆在我跟前，我看着它，微笑着，想，原来，它长这个样子啊。

很美。当然。

不知它将跟谁回家。不知它会摆上谁的案头。我祝福那些有缘人。

心突然就空了，静静看了会儿雨，听了会儿风。然后，我在一只泡沫盒子里，栽下了几棵曼珠沙华，又栽下了几棵葱兰。我种下了好几个春天。

几树春光

九日

我宠溺着自己，又许自己半天空闲，专门跑去看花。

西郊植物园里，花多。我一个人走着去，慢慢走。偌大的植物园，有湖，有河，有鸟，有树，没有人。

真好。

我想停的时候，就停下来，蹲下来，看看草地上的婆婆纳。它们太像蓝色的小星星了。蒲公英的花艳得很，它们喜欢独个儿出来遛弯儿，如我。我在草地上看到一两朵，在河边又看到一两朵，我对着它们笑。它们打哪儿偷偷溜出来的？春光招人，也招花，人坐不住，花也铁定坐不住的。

两只鸟在一丛连翘上跳跳蹦蹦。黑色的鸟。该是野鹦鹉吧。连翘的枝条上，已绽开了三五朵小黄花。因为少，显得特别显目。

如愿地看到白玉兰和紫玉兰。枝头上，不见叶，只有花朵。花朵扛着春风，像小小的风车在转啊转。

梅花的风华已过，美人迟暮。可人家到底是美人啊，尽管风头已过，那眉宇间，还留着当年的美艳。

我坐到一棵梅树底下，让暖阳照着我，微闭着眼，听花瓣轻落。有声音突然凭空响起，看，看，那边有花，哈哈，那边有花！

几个女人笑着闹着，从河对岸，跑了过来。她们是看见我这里的梅花了。

咦，有人？她们没料到有人，见到我，吃一惊。我冲她们笑笑，起身，走开，且匀几树春光给她们。

一个人的
独白

十日

又打开一个女子的博客看，看她的文字，如黑色的罂粟花，一朵一朵开。

她写她的器物、衣饰，写茶，写花写果，写她的手工，写她内心的炽烈，爱与欲望。写香料，各种各样的。

她一个人住。似乎一直是一个人。好像也遇过情事几场，但都无疾而终。我想，能跟这样的女子相交一场的，必得是个才气纵横心地纯良的男子才行。

她穿长长的民族风的裙子，戴绣花的帽子，手腕上，套宽宽的民族风的手镯，专往那深山老林里去。她说，要避开人迹喧闹的地方。每回去，她都会写出很多的文字。别人来读，或不来读，她都不在意。她的内心独白，全付给了那些寂静的山林。

她美。是一个人私有的美。她把自己保护得很好，博客上访客不多，我也是某次偶然闯入，才发现的。我曾悄悄把她的文字，推荐给一家出版社。遗憾的是，选题没通过。编辑的答复是，这样的文字，没有卖点。

也是。有些寂静和清澈，只是一个人的。

羡慕

十一日

当我牙疼难耐的时候，我的心脏里，只剩下一个声音，让我的牙不疼吧，让我的牙不疼吧。

是的，我的牙又开始疼了，它折磨得我寝食难安。

我羡慕拥有一口好牙的人，羡慕得要命。水果摊前，瞥见一女人过来，买了一根甘蔗。她当场削皮，切成段，抓起一段，搁嘴里咬。她的牙齿和甘蔗亲密接触，立即发出嘎嚓嘎嚓欢快的声音。我就那么无限艳羡地看着她，一直目送她在路的拐角，消失不见了。天知道，我多么嫉妒她！

这种羡慕，每隔些日子，就会跑出来，搅扰得我不得安宁。当我嘴边生了疱疹，我羡慕那些没生疱疹的人。当我因病躺在床上，不得动弹，我羡慕那些能跑能跳的人。连窗外飞过的一只鸟儿，连树下奔跑的一只猫儿，我也要羡慕的。

小时家里老喝山芋粥，有时我拒吃。我奶奶就一边收拾碗筷一边说，身在福中不知福。那时不懂，喝个山芋粥能叫福么？后来要饭的上门来，盛一碗山芋粥给那个风尘满面的人，他端着，一口气喝了，喝得那么香。香得叫我羡慕。

对于饥渴的人来说，一碗山芋粥，就是大幸福啊。

只是啊，我们常常不知道，我们在羡慕他人的时候，我们，也正被他人羡慕着。

做好
自己

十三日

　　一个姑娘跑来对我诉苦，说她明明没有得罪一些人，却老是招一些人不待见，为此她很苦恼。

　　我淡淡笑了。真是个傻丫头！你不是也有不喜欢的人不喜欢的事么？这世上，哪能样样都顺了你的眼。

　　每个人都有自己的偏好，视觉上的，味觉上的，品味上的，性情上的，心灵触感上的。

　　一个人，坚持自己就够了。说白了，你有你自己的味道，那是私有的，唯一的，烙上你的印记的，属于你的私人定制。这样的味道，有人喜，有人不喜，甚至排斥。但排斥并不代表你不好，或不够好，只是他人的偏好，不与你在同一个频道而已。或者，你们根本是两类人。

　　就说我吧，饮食上偏甜，偏糯，一看到糯的东西，比如年糕、汤圆、粽子、麻团等食物，我就心生欢喜，必扑上去大过其瘾。家里那人看见糯的东西，浑身就起鸡皮疙瘩。我曾"逼"他吃年糕，他吃了一块，头晕了半天。这很好理解，就像一个人体内的乙醇脱氢酶极少，喝酒必醉，他天生消化不了酒这东西。

　　要允许自己的独特和不一样，心平气和看待他人对你的评价和态度。他人的不喜，不是对你抱有成见，不是跟你作对，也不是因为你真的不好，而是你与他们真的产生不了共振，你又何必在意？

　　宽容一些吧，允许别人和你不一样，无法相知，那么，就做路人好了，各有各的道好走。

　　我很佩服一个姑娘。姑娘长得不好看，很胖，却爱大碗喝酒，大口啖肉，很有点武林豪侠的风采。旁人多侧目，她却目光坚定，不理不睬，该吃吃，该喝喝，痛快得很。她跟我说，我要管旁人做什么，我要管的是我自己，我并不讨厌我自己的样子，我很爱我自己，这就够了。

　　真心欣赏她这一句，我并不讨厌我自己的样子。

　　喜欢这个世界，是从喜欢自己开始的。

花风

十三日

清少纳言说，三月的黄昏时分，徐徐吹来的花风，叫人深深感动。

花风？真是个好词。三月的风，真是花风呢。是迎春花的风。是二月兰的风。是海棠花的风。是玉兰花的风。是郁金香的风。是梨花的风。是桃花的风。是菜花的风。是结香的风。是小野花的风。

小野花一簇一簇，一枝一枝，开在河畔沟边，甚至人家的墙脚处。黄的，红的，紫的，白的，一朵朵，乱纷纷。风吹过来，捎来花的好意。随便走走，都能沐着花风了。

这个时候，我顶喜欢沿着一条河走，河有多远，我就走多远，一直走到那郊外去。这样，也就能一路吹着花风，一路看着花开，一路都有着欢喜。

昔年孔子和他的弟子们聊天，言及各人志向，有说要治国的，有说要教化万民的，有说要当官的，孔子都不甚满意。最后，一个叫曾点的弟子说道："暮春者，春服既成，冠者五六人，童子六七人，浴乎沂，风乎舞雩，咏而归。"这志向，实在算不得高大，也就是在暮春的时候，跑到大自然里，用清水洗洗头发，洗洗身子，晒晒暖阳，吹吹风，最后唱着歌而归。可是，孔子却叹道："吾与点也。"那意思是，我与曾点相同啊，也想如此呢。

三月天里，做做这样的事，似乎更合宜。这个时候，满眼的花开正盛，花风正紧，迎风而歌，欣欣然，实在算得上是人生乐事一件。

二月兰

十四日

二月兰。真好，它叫"兰"。

我曾试想着给它换个名字，比如，叫梅。叫桃。叫海棠。叫蝶。似乎都不贴切。兰，且是二月兰。三月也不好，四月也不好，就二月。二月早春，鲜嫩着，初相见。

无疑，它是个女孩子。从前是住在乡下的，跟着四野的风一起长大。美。美得朴质，纯真，自然，不世故。

第一次见它，是十多年前，在南京中山植物园。那时我还年轻，在省作协举办的读书班里学习。每日清晨和黄昏，我铁定是要把园子逛一遍的。一些花树下，一片蓝紫的烟雾，贴地而起，间之以白雾团团。在早晨微湿的空气中，在黄昏微茫的暮色里，美得如梦似幻。询问得知，它叫"二月兰"。当下且惊且喜，为这名字，为它模样之秀美。

去西津渡。从前的老渡口。昭关石塔。观音洞。待渡亭。超岸寺。飞檐雕花。水袖舞台。还有破山而建的木栈道。这一些，都是可圈可点可缅怀的。而我，偏偏被蒜山上满山满坡的二月兰给绊住了脚。那么多蓝紫的心，滚在一起，我几乎要脱口叫出，小丫头，原来，你也在这里啊！那天，我几乎把所有时间，全浪费在它身上了。这会儿，想到西津渡，我就想到二月兰了。满山坡的二月兰，像滚了一地蓝紫的心。

　　在洛阳，我也遇见过成片的二月兰。我本是去看牡丹的，结果，被二月兰摄去了魂。那里，几乎每个园子里，每条路旁，都有一群这样的小丫头，蓝衣蓝裙地穿着，且笑且舞，腾起一片蓝紫的烟雾，迷蒙了人的眼。

　　凑近了看，它又实在不出奇，就是一棵小野菜。一些地方称之"诸葛菜"，叶和茎，均能炒着吃。关于它，还有个传说，说诸葛亮在行军途中，军粮缺乏，他就命手下士兵，广种这种野菜，军队得以度过饥荒。

　　它也是《诗经》里的元老。"爰采葑矣？沫之东矣。云谁之思？美孟庸矣。期我乎桑中，要我乎上宫，送我乎淇之上矣。"一曲美妙婉转的《桑中》，就是以它为楔子的。对，它在那个年代，叫"葑"。

　　我蹲在一丛二月兰跟前，想到它竟是从《诗经》年代走来的小丫头，忽忽的，生了敬意。

想要
永结初心

十五日

在书架上翻找一本书，居然意外发现一本全新的书。我很诧异，拿手上翻看。我不记得买过这本书，一点印象也没有了。

书名叫《一个人的草木诗经》，是一个叫子梵梅的作者写的。翻翻出版日期，是两年前的事了。我当初买下它，定是喜欢得很的。这书名，很迎合我的审美情趣，有草意盎然，又有诗意蔓生。书的封面设计也好，浅绿的草纸之上，一两枝的绿叶粉花，怡然自得。封面上的文字也好：

一花叶，一根茎，莫不魂魄交错。有决绝，亦有美意。你朝堂之上佩饰忧思苦楚，我让它宜室宜家。

意思似是而非。有时，唯这似是而非，才生出无穷的美意和想象。

我很抱歉，我把它冷落至今。

我们常常做着这样的事，一见喜欢，迫切地占有，过后，却辜负遗忘。想要永结初心，难。

这也给我提了个醒，以后每占有一样东西，我就要对一样东西负责。

我把这本书搁到床头。这几日，我一定会抽空看完它。

复得返自然

十六日

　　玉兰花开起来真是吓人，那么高的个子，扛着一肩鸽子似的花，白鸽子紫鸽子，密密的，不见一枚叶，亮煞人的眼。春风软软吹着，那些"鸽子"像是要飞起来。我跑过去看，脖子都仰酸了，哎，真好看。它们衬得天更蓝了，风更软了，一寸一寸的时光，都种上了相思。

　　我慢慢往回走，走过一块草地，又被草地上的草给惊着了。草开花，才真叫有趣呢。它们像是从小人国里溜出来的，那么小。有的不过小蚂蚁大小，却也是有模有样的，秀气十足的。一些小草开花，像羞怯的小兽，悄悄地，偷偷地，探出头来，一点红，或是一点黄。我看着看着，笑起来。为它们的小心。它们怕惊扰了什么呢？怕惊扰了这个春天么。真是没道理。

　　我给它们拍了好些照片。它们每一个，都可以拿来做插图用。我后来又沿着野外的一条小河走，野外的小河，大抵相似，它们的灵魂里，有着相同的东西。那种东西我说不准。是纯朴吧。是简洁吧。是自由率性吧。是天真厚道吧。茅草呀，蒲公英呀，一年蓬呀，野豌豆呀，小野菊呀，它们四海为家。它们远走天涯也不怕。我也总能遇见它们，每遇见，必弯腰，细细打量，就差热泪盈眶了。

　　请原谅我，我愿意沉浸在这样的自然里。"久在樊笼里，复得返自然"，我突然很想念那个叫陶渊明的人。他是自然的知音。

仪式感

十七日

新买一只波点碗，吃饭用。

又添一只波点盘子，盛菜用。碗是蓝波点的。盘子是绿波点的。寻常饭菜盛在里面，有了不一样的模样。如人换新衣，似乎成崭新一个人了。

因新添了这碗这盘子，饭菜变得格外香了。我午饭时，吃掉一小碗饭，竟又去添了小半碗。惹得那人笑，你呀，形式主义。

我说不对，该说仪式才对。对吃饭这等事，是要讲究仪式感的。虽不能日日有精美的台布铺着，有高烛燃着，有高脚杯里，盛着葡萄酒，一旁有玫瑰幽幽吐香，但我们完全可以做到，换个精致一点的碗和碟子，让自己享受味觉视觉双重盛宴，岂不更好？

生活是要有点仪式感的。出门前，化个淡妆，这是仪式感。回家时，捎盆花回来，摆到家里最显目的位置，让它开呀开呀，这是仪式感。余点闲情，留给清风明月，这是仪式感。对亲爱的人，也常说"谢谢"，这是仪式感。一起来一场徒步旅行，走上几十里，收藏一路的鸟语花香，这是仪式感。时常动手清洁自己的居住环境，这是仪式感。伺花弄草，怡养性情，这是仪式感。

还有，常怀感恩之心，对这个世界说，我爱，我喜欢。这是仪式感。

夜游
夫子庙

十八日

因讲座，在南京逗留了几天，晚上得空，去了趟夫子庙。

到夫子庙来过几次。给我的印象是，人多，小吃多。

这次来，依然人多，满街烟火。这也好，人间欢乐，本是少不得烟火的。

但我还是在大成门前的石狮子跟前立住脚，看一看。还是要进学宫里头去走一走，瞻仰一番。曾经的建筑，经历战火纷乱，早已被毁。现在矗立着的，都是后来复建的。

也看不出多少名堂来。但内心却隐约有着波动，想着自宋以来，多少前尘往事，都尽数被那周遭尘粒的影像给收了。

秦淮河畔，流传着八艳的故事。我跟着人群，上楼下楼，看那墙上的美女画像，听导游煞有介事介绍她们的从前，多的是情艳之事。又有多少是当初的真实？那些个雨送黄昏，谁能窥见脂粉后面的她们，怎样的含泪装欢？

我萌生想写一写她们的念头，随即，又把这个念头给掐了。我写出来的，也无非是道听途说的。

游船是要坐一坐的。夜游秦淮河，已成了夫子庙景点的一大特色。两岸房屋皆披灯挂彩，倒映河中，河里金粉荡漾。靠水边有戏台子搭着，戏唱到热闹处，红衣佳人和白面书生，人成对，影成双，大约演的是李香君和侯方域了。

　　船上有几个酒醉之人，吵嚷个不停。五十分钟的船程，他们就没有停息一点点，醉态十足，样子丑陋。一旁他们的女人，不停地跟我们打招呼，对不起啊，对不起啊，他们喝多了。

　　我笑笑，把头扭到一边去。我很替他们的女人难为情，唉，摊上这样的男人，真丢颜面。

生命的
厚度

十九日

听说鸡鸣寺的樱花开了。

自然要去看一看。

上午没安排讲座，我和那人便溜了去。的士司机替我们庆幸，你们来得真巧，再过两天，那花就要谢了。

真的呀！回应他一声惊喜。这惊喜是发自内心的。看花本就是件高兴事，这又添一层高兴，因为这个"真巧"。

到了。远远就望见一树一树的粉，像下着粉的雪。鸡鸣寺畔，一条道的两侧，全是。密密匝匝。

一时呼吸不畅了，那么多！想起苏曼殊笔下的樱花："芒鞋破钵无人识，踏过樱花第几桥！"命运多波转，人世几番轮回，你不识我，我不识你，都在那樱花几重的开开落落之中了。

清少纳言评樱花，说，樱花花瓣大，叶色浓，树枝细，开着花很有意思。我以为，她的樱花，是带着贵族气的。我眼前的樱花，不见叶，只有花，花瓣也不大，是纤巧着的。树枝也不纤细，而是颇为壮实。细密的小花，从半空中，铺下来，像一群小丫头，结伴着去赶集。

樱花闹。

人比樱花更闹。那么多的人，掩映在樱花丛中，像游动的彩色的鱼。

有小孩子骑在父亲肩上，他的头，触碰到一枝樱花了。他咯咯笑，胖胖的小手，伸向樱花。我着迷地看着那双小手，它们比花瓣更柔软。还有他的小脸蛋，就是一朵小樱花。

多温柔！人就这样被花荡漾出柔情和爱意来，每个人脸上都有着温柔意。对春天，真是充满感激。

风吹，花瓣落。它的灿烂，也只有短短的一个星期。可是又如何？生命的厚度，原不在于长短，而在于，是不是实实在在灿烂过一回。哪怕这样的灿烂，只是流星划过，那也留下闪亮的一笔，远好过碌碌无为的长命百岁。

豌豆花

二十日

碰到豌豆花了。

从前只乡下才有。我的乡下，是把它当蔬菜种的。春节前后，它刚好长成，肥嫩得很。掐下，清炒着出盘，一口一嫩滑，夹杂着微甜的气息。是霜的气息。是雪的气息。到了三月，春风的小手稍稍招一招，它的花朵，就一朵一朵，飞上了头。花朵小巧，好看，洁净，身上有仙气。像一群天上来的小仙娥。

我在南京街头，在一口缸里看到它。主人是把它当花养着。主人还养了兰花、海棠、牡丹、四季梅，满满都是辉煌富丽，它身处其中，竟也毫无违和感。

我蹲下看它，是遇故知。小时我就很喜欢这种花，田间地头开着，成片的。那么多的一朵朵，像成群的小蝴蝶扑下来。不，它比蝴蝶还要美，它色彩明艳，洁净得不落一丝尘。我曾摘下那些花，用针线穿成手链，被大人责骂。那花儿是要结荚的，怎舍得糟蹋！嫩豌豆荚摘下来，清炒着吃，或炖肉吃，都是道佳肴。我也喜欢吃豌豆粉。那得等豌豆老了，才可以磨成粉。也可以拉成雪白的细长的粉丝。

我每每吃到豌豆粉丝时，都会想到那些洁净的豌豆花。我不知吃下了多少朵豌豆花。

藤蔓上，每一朵豌豆花，都蓄势待飞。或者说，它一直就在积蓄着力量，想飞。它的故乡离得远，远在地中海的西西里。它怕是做梦也想回去的。

　　它很适合做童话里的小公主。一袭白裙。或一袭紫裙。或一袭红裙。或一袭蓝裙。或一袭黄裙。小公主待在她的城堡里，翘首望着外面的世界，心念婉转。她随时随地，都准备逃离，做自由飞翔。

垂丝
海棠

二十一日

海棠的品种多，多达上百种。

春天里，除了樱花、桃花、梨花、杏花、紫荆，若再遇到有着满满一树花的，你不识其名，你不妨叫它海棠吧，大抵也不会叫错，——这是我的经验。

我也是分辨了好久，才分清什么是西府海棠，什么是垂丝海棠，什么是贴梗海棠，什么是木瓜海棠的。

相对来说，垂丝海棠比较好认，也好记，普遍种植得多。它属于随和型的，人缘不错。我所到过的城市，都能见到它的身影。路边，或是庭院里，或是湖畔，随随便便地长上一棵两棵，也就能美得如梦似幻的了。若是成片长着，花开的时候，那可就美得不像话了。是沸沸着的。像聚集了一群吵吵嚷嚷的小娃娃。每个小娃娃，还撑着一顶小洋伞。垂丝海棠的花呈伞状，像极了粉色的小伞。

春天在它的枝头，开起了幼儿园。谁做园长呢？春风吗？春雨吗？让鸟或是蝴蝶来做，都不大靠得住，它们太过贪玩。——我在花树下，颇是思量了一番。思量到最后，一树的花笑了，我也笑了。

海棠的花，不香。老子说，大音希声，大象无形。海棠或许也深谙这一道理，真正的香气，你是闻不出的，是藏在骨子里的。

我在莫愁湖畔，看到成片的垂丝海棠，花都开好了，蜜蜂们嗡嗡其上。蜜蜂的鼻子，比人的要尖，它们肯定闻得见它的香。有几枝海棠，探到水里。花戏水，如蝴蝶戏风。不远处，三两个赏花的人，在花树丛中，若隐若现。

乡下小居
· 我妈

二十二日

回乡下，准备小住些日子。

这事，早就在我脑海中盘算过千万回了。自从成年后离开家，我少有能在家里待上一两天的。故当我打电话给我爸时，他不大相信，问我，怎么突然想起要回来住的？

我说，不欢迎我啊？

我爸赶紧说，你这孩子，我们怎么会不欢迎你呢？这是你的家。

但当我人已到家门口，我爸还不大相信。他和我妈，并排站在家门口，傻乎乎看着我，像看一个过路人。我把行李从车上取下来，行李里，有我的一套洗漱用品，有我的换洗衣服，有我看的书，有我写字用的笔和本子。我爸看到这些，这才变得活泛了，他自嘲道，丫头这回看来是真的了。走过来帮我搬行李，一脸的笑，关不住。

我妈却站着没动，她还保持着那副傻傻的表情，像看路人一样看着我。我说，妈，我回家来住啦，你不高兴？我妈"哦"一声，说，高兴。人却走开去了，一边走，一边嘟哝，我去地里掐点豌菜头。

我爸说，别理她，她见你回来，高兴得糊涂了。

我把行李拖进房间，看到床上，已换上了被褥，都是清爽干净的。我爸说，听说你回家，你妈早几天前，就把被子晒好了。——妈其实，早就做好准备，迎我回家住的。

　　我从窗户里看到，门前走过树荣的媳妇。我听到她问我妈，大嫂子，谁回来啦？我妈忙着去地里掐豌菜头，连跑带跳的，回道，是我家梅回来啦。稍稍停顿，随后的声音亮起来，炫耀般地说，她这次要在家里住好些天呢。

乡下小居
·
爱

二十三日

白天，我窝在楼上的一撮阳光下看书，我妈不一会儿就跑过来，仰着脖子冲楼上叫，乖啊，中午想吃点什么？

自打我在家里住下来，我妈就一门心思，花在吃上了。早上，她用铁锅熬了粥，又忙着煎蛋下面条。我说我吃不了多少的。我妈却不肯撒手，还必得炒上俩菜。饭碗这才搁下，我妈又琢磨着，要给我做些煎饼，垫垫肚子。

我不忍扫她的兴，吃到撑。当她再一次跑来问我，想吃什么时，我只好信口胡诌，妈，那你就包饺子吧。——包饺子琐碎，足够她忙上大半天的。

我妈忙忙应下来。她笑得合不拢嘴，屋里屋外转着，说，乖啊，你一家来，我家门楣都亮堂了许多了。

跟我妈去村部轧饺皮子，那里有加工面粉的机器。我提着篮子，搂着我妈，和她并排走着。我妈笑笑的，有些羞涩。满眼的麦子青，菜花黄。人家的屋前，都长着高高的刺槐和梧桐。刺槐树上，托着大大的喜鹊窝。天气和暖，天空湛蓝。

遇着几个乡亲，他们的样子，已很见老了，我凭着记忆，还是认得的。他们却不认识我了。他们打量着我，笑着问我妈，惠芬，这是哪个？

我妈大着声说，是我家梅啊！她这次回来，要住好些天呢。

哦，是梅啊，跟小时不像了，不像了。他们说。

唉，这一晃的一下，我们都老喽。我和我妈走后，听到他们在背后这么叹。

乡下小居·孤寂

二十四日

乡下的黄昏，是鸟们的。

屋后的竹园，一直留着。几十年了，那里居住着无数的鸟。

鸟们成群结队，驮着黄昏的影子，从四面八方归来。它们叽叽喳喳声排山倒海，都在争说着一天的所见所闻。

它们都遇见了些什么趣事呢？这很令我好奇。是关于油菜花的，还是麦子的？是关于芦苇荡的，还是野花们的？我站在竹林边，听它们唠嗑。

夜色在它们的唠嗑声中，一点一点沉迷下来。一个村庄，跟着沉静下来。那沉静的感觉，像水，慢慢地，慢慢地，漫过来。又像一件黑袍子，慢慢披下来。我几乎感觉到了，它披在我的身上，披在房屋、田野、河流的身上。

月亮，从我家竹林子后面，长出来。树枝乱乱地摇着，我家厨房的顶上，那一片片青色的瓦，闪着晶莹的光。它们在等着月亮来爬。

月亮真的爬上了屋顶。它又接着往上爬，要爬到一棵楝树的树顶上去。那么圆润的一个月亮，是真正的清澈。

陪爸妈吃晚饭。晚饭很丰盛，有鱼有肉。我爸酸溜溜地说，往常就我和你妈两个人，晚上就凑合着烫点稀饭喝，我这是沾了你的光，有鱼有肉吃了。我问妈，是真的吗？我妈很生气，冲我爸道，哪有哪有，我上个星期不是才烧了肉给你吃的吗?

看他们故意在我跟前斗嘴,跟两个小孩似的,心里酸。老了,最怕的,不是别的,而是孤寂。

坐他们床头,闲话家常。说着说着,我爸就打起了呼噜。我妈打醒他,孩子难得在呢,你倒好,倒睡着了。我爸眯着眼,争辩道,我没睡,我没睡。没说两句,那呼噜声又起。

我笑笑,对我妈说,妈你也早点睡吧,明天再聊吧。

你明天不走吧?我妈盯着我问。

不走,我保证,我对她说。

我替他们关了灯,上楼。周围没有一丝声响,狗也不叫。一个村庄,早早入眠。

乡下小居 · 自然浴

二十五日

午后，我携一本书，到屋后的河边去。

我是喝着这条河的河水长大的。一个村庄的孩子，都是喝着这条河的河水长大的。一河两岸的喜怒伤悲，都曾在这条河里奔流。打水漂的快乐，扎猛子的欢腾，摸鱼摸虾的喧闹，东家婆媳妇，西家嫁女，诸多的家长里短，也都融入到这条河里。也有溺水的孩子，和投河自尽的妇人。它收藏了村庄太多的悲欢离合。

没有人恨过这条河。悲痛过后，我们依然深爱着它。

春天我们去上学，沿着这条河走，一边走，一边掐柳枝、摘野花，编成一个花环，戴头上。冬天，我们到这条河边的草丛里，寻鸟蛋。那是小麻雀们下的蛋。偶尔遇到冻僵的小蛇，我们用树枝拨弄它，怎么拨弄它也不会醒。

现在，河边不大有人走动了。树木杂草，都蓬头散面地长着。有树，整个身子完全倾斜到河里，一副思慕水的模样。有的树还光秃着，但绿意已然显现，茸茸的，柔软着。

野花开得好极了。最多的要数蒲公英。这花真是好看，艳黄，比菜花更艳。小小的一棵，擎着那么三四朵小黄花，灿烂着，周围枯败的草，也被它们衬得好看了。我蹲下来，轻轻碰碰它们，跟它们问问好。

也有我忘掉名字的野花。或红或紫。我怎么想，也想不起它们叫什么了。我就给它们另取个名字，叫小红，叫小紫。好记。它们也不反对。

废弃的腌菜坛子，睡在草丛里，四周生着新绿。那坛子看上去，有了艺术的光芒。

枯朽的老树桩，身上绣满了绿。一两棵细嫩的小草，在上面跳芭蕾。

邻居家养的小白狗，跟过来。我来家这几天，它跟我混得很熟了。饭时，我趁我妈不注意，挑几块肉给它吃，它一定是记着了我给它肉吃的这份好。于是我走到哪儿，它就跟到哪儿。狗是最记恩情的小东西。

我爬到一棵树上去。嗯，那棵树，其实根本不用爬，它直接横着生长了，一大半身子，探到河里。像横着放的长板凳。我坐上去，小白狗看着很羡慕，但它爬不上来，它只在下面冲着我摇尾巴。我冲它得意笑，哈，你终究比不过我们人类有本事吧？它似乎很羞愧，蹲下。蹲久了，干脆趴下来，做打盹状。

我随手翻几页书，看两行字。然后，合上书，听鸟叫。鸟鸣声像雨粒子，四面八方下着，敲打着黄花绿草，树枝细叶。

河里，斑驳着两岸的房屋、树木，油画一般的，很寂静。见不到人。

我待在这样的画里面，无思无欲，一直待到鸟雀归巢方归。沐了半天的自然浴，我周身的每一个毛孔，都散发着清新好闻的味道。

乡下小居
·
野地里

二十六日

　　突然有着大片的空闲。突然时间变得格外漫长。

　　我跟爸妈说一声，我去地里走走。

　　他们由着我去。

　　随便顺着一条田埂走下去，地连着地，田接着田。一律的是麦苗青，菜花黄。蚕豆也快开花了。豌豆花跟油菜花，比赛着开，一个秀雅，一个热烈。地沟里，田埂边，还能遇见很多的野草野花，泽漆、马齿苋、茼茼蒜、田旋花、婆婆纳、车前子等。我最爱婆婆纳，这么老气横秋的名字，却长着一张精致无比的小脸蛋。它简直就是个小精灵，一朵朵小蓝，像撒落一地的蓝眼睛。

　　广阔的田野里，见不到人。我妈幽幽地说，谁家老的若生病了，怕是找不到个人帮着送医院的。颇多感伤。我沉默一会儿，问，人呢？我妈说，人都出去做工了。我点点头。

　　田野却不见荒芜，庄稼仍是一片连着一片的，长势很好。我妈75岁的老太太了，也仍种着好些亩地。她说，不干活，浑身就难受。我姐也是，除了种田外，她还跑到街上的超市去上班，有时上晚班，要到夜里十点多才回家。埋怨她，你就这么爱钱啊！我姐说，我也不是为钱，我整天都有事做，我才感到快乐。

　　也是。民间有句俗语，牛扣在桩上一样老。人和牛不同，人是在劳作中获得存在感的。我理解了我爸我妈和我姐，种下一粒麦子，收获到一捧麦子，对他们来说，就是最大的成就吧。他们无须要别人来承认，来赞美。

譬如我眼前的这些小野花吧，它们完全可以自暴自弃，要那么辛辛苦苦盛开着做什么呢？也没人欣赏，也没人当它们是花。可生命是自己的，它们要明艳给自己看。再说，风是知道的。雨是知道的。露是知道的。还有阳光和星辰，还有野蜂和蝴蝶，它们都是知道的。对这些小野花来说，这就是活着的意义了。

我慢慢走着，有时停下来，等等风。或者，等等一只蝴蝶，一只小野蜂。回头望去，村庄的一排房子，安静在蓝天白云下。三两株桃花，涂抹着一片云霞，在人家的屋旁。

邻居家的小白狗，奔了我来。它兴奋得很，绕着我直转圈子，上蹿下跳，它就差说，我终于找到你啦！我拍拍它的头，唤它"小白"，带着它走，往一片芦苇荡去，那里面住着苦恶鸟。苦恶鸟的名字真不中听，小时听到它叫，有些怕，尤其在寂静的夜里。它的叫声里，一迭声的"苦啊苦啊"，似有天大的冤屈。我奶奶说，它是恶媳妇变的。恶媳妇虐待瞎眼婆婆，死后就变成这种鸟，到处喊冤呢。人只有积德，才能转世为人的，这是我奶奶的人生观。它极深地影响着我，虽我从不信转世之说，但，一生要做个善良人，无愧于心，这点，我做到了。

苦恶鸟的样子，并不难看，甚至，还称得上英俊的。腿修长，颈项处，一圈白，像个绅士。我问小白，你认识苦恶鸟吗？小白朝我摇摇尾巴，似懂非懂。

我们在芦苇荡里找了许久，也没找到苦恶鸟的影子。我有些好笑自己的痴心，时光已走了那么远，一只鸟怎会还待在原地。

乡下小居
·
大进

二十七日

大进来我家，找我爸妈。

这是我在村子里，见到的最年轻的人了。说他年轻，他也五十朝外了。

他不走门前大路，直接从我家隔壁的一块桑树地里，拐过来了。

他家与我家，隔着一块桑树地。

他见到我，招呼道，梅回来啦。我爸拿烟招待他。我爸已戒了烟，但家里常备着烟。

家里若来个人，没个烟招待，不好。我爸说。村人们还是爱吸两口烟的。他们蹲在田间地头，吸着，眼光落在地里庄稼的身上，那是他们的孩子，他们的亲人。

大进吸一口烟，沉默好久，才开口说话。他说他准备买架收割机了，问我爸借点钱。

大进的事，听我爸说过不少。一个村子，从西头到东头，跑得动的人，全跑出去了，大进却一直带着老婆儿子，窝在家里。他整日琢磨着赚钱的门道，曾搭了鸽棚，养上千只鸽子。然一场大火，鸽棚烧光，他亏了十多万。他也养过鹌鹑，成千只养着，一场瘟疫，赔光了本。他又想着种树，所有地里，全栽种上树苗，但因管理不善，多数都死光了。他不知负下多少债了，却越挫越勇，现在要买架收割机了。

明知道他暂时还不上钱，我爸还是借他九千块。我爸说，钱是死的，人是活的，只要人不肯服输，一定能想到办法走出霉运的。

我赞同我爸的观点，邻居相处，贵在有难相帮。恰好听到隔壁村发生的一桩事，两家人，因三根桑树条子，而闹出人命官司。

起因小得根本不值得一提。两户人家，地挨着地，一家是桑树地，一家是麦地。长桑树的人家，有三根桑树枝条，探到邻家的麦地里。那家人操起剪刀，给剪掉了。为这剪掉的三根桑树条子，两家起了纷争，大打出手。结果，死了人。

我们谈论一回，很惋惜。

乡下小居
· 小黄

二十八日

我妈刚洗好的鱼，少了两条。

她在水池边恨恨骂，又是那只该死的黄猫！但也只恨恨了两声，便作罢了。跟只猫，有什么气好生的。

小黄猫披一身黄，毛发跟缎子样的，胖胖的，有贵族气。我在回家来住的头一天，就注意到它了，它蹲在屋角旁的一根竹子下，朝着我望，有着对外人的审视和好奇。——它是把我当外人了。岂不知，我与这里，是根连着根，叶摇着叶的，比它待的时间，要久长得多。

我想走近它一点，它却一扭身，跑了。

问我妈，谁家养的？

我妈说，哪有人养它，是只野猫，馋得要死，老来偷东西吃。

原来是只无主的猫，却把自己养得那么好。这是只不慢待自己的猫。

我归来，厨房里便日日香雾不断，好吃的东西接二连三，小黄猫于是天天绕着厨房转圈子。有时，是蹲在厨房屋顶上，居高临下偷窥。有时，是埋伏在水池子底下，伺机而动。我假装没看见它，进进出出。却故意把鱼头鱼尾，丢弃在水池旁。

小黄猫趁我转身，迅速消灭掉了我丢下的鱼头鱼尾，又没事人一样的，跑到屋顶上去蹲着了。我再放点吃的，它又迅速下来消灭掉了。如此三番五次。它的肚子，可真够大的。

　　我和小白，在河边晒着太阳发呆，小黄猫不知打哪儿跑来。它装着很不在意的样子，跟一棵草玩，跳上跳下，却不时拿眼偷偷瞟我。

　　我觉得好笑。这小黄猫，怕是也跟小白一样，对我故意丢给它食物，存了感激。

　　我蹲下身来唤它，小黄，来。它先是犹豫了一会儿，却慢慢地，向我走过来。我轻轻抚摸它，它就由着我抚摸。

　　我抱起它，回家。我妈见到这景象，觉得惊讶，也挺纳闷的，这野猫，从来不曾有人捉到过它。

乡下小居
·
种花

二十九日

我在网上购买了一些花的种子，带回家。

我有个大野心，我没让我爸我妈知道。我想不着痕迹地，一步一步地，把老家，变成一个大花园。

就先从门前改造起。然后，屋后。然后，屋旁。

我妈爱惜土地，一丁点儿的地方，她也给种上了东西，要不是蔬菜，要不是庄稼。门前，长着蚕豆和大葱，蓬蓬勃勃的。

我说我要在门前种花。我妈居然二话没说，爽快答应，好。

说干就干。她把长得好好的蚕豆和大葱都给拔了，平时爱物惜物的她，连眉头都没皱一下。这除了爱我，我找不出第二个理由。我小弟得知，嘻嘻哈哈说，姑娘，为了你，老爸老妈这次是下血本了。

我爸扛来钉耙，给我耙地。我妈运来鸡粪，给花铺肥。我们三个人在门前忙得热火朝天，路过的朝福看到，停下问，志煜，你们一家在做什么呢？我爸说，种花。

种花？朝福朝我们不解地看看。我见到他的眼珠子，瞪得大大的，快要掉下来了。

大丽花的根，埋到土里去，我感觉我那是埋了宝藏。中国红，首案红，打粽紫，白边红心，粉佳人，粉黛，红灯，凤蝶，黄金耀，浅黄尖白，

粉红之春，蓝山积雪，艳阳，新晃，双恋，恋人，粉黄之春，蝶恋，小
紫……没想到大丽花有这么多品种，我各各买了一样。后宫佳丽三千，
我希望我爸我妈，做做君王。

　　波斯菊、小野花，还有格桑花，我买的是种子。那种子细小得跟蚕
产下的卵似的。随便播撒一番，泥地里根本看不出，一些种子在里面孕
育缤纷。想到那么微小的一粒粒种子，不日之后，将捧出一簇簇鲜花，
我又对生命，产生无限敬意。

乡下小居
·
少年游

三十日

去从前的学校。

沿着从前的路，那记忆中的。路虽拓宽了，全铺上了水泥，然路两边的景象，却还是从前的模样。房子有些翻建过了，但住在里面的人家，姓张的，还是姓张的那一家。姓李的，还是姓李的那一家。有生有死，有来有往，几无间断。乡下人家，绝大多数都如一棵树，长在那儿，就在那儿，子孙后代，蔓延下来。

我一边走，一边在记忆里搜寻着他们的模样。这一路之上，每家悲欢，我基本上都晓得。少年时，我一天两趟，走着这条路去学校。

冯老头的房子还在路口。从前是三间草房，现在变成三间瓦房子。门上贴着红对联。看情形，是有人居住的样子。是什么人居住在里头呢？我上学时，每日里路过冯老头的家门口，也只见到冯老头一个人。那时，冯老头已经是个很老的老头了。我们几个孩子，放学了不急着归家，有时会在他家门口的场地上，跳绳或踢毽子玩。冯老头进进出出，也不知忙些啥，但对我们，是温和的，从不赶我们走。

靠近学校的小河边，居住着同尺的大老婆。同尺是个呆子，据说是读书读呆掉的。又据说，他年轻时，娶过几房老婆，后来老婆全跑了，只有这大老婆忠肝义胆地守着他。说是他家有恩于她家。——这当然都是道听途说来的。在当时，我们一帮少年的心里，这多少，有点神秘。

　　我们认识同尺和他老婆时，他们也是两个老人了。他们住在坐东朝西的几间茅草屋里，一旁的小河，流水淙淙。河边长一棵石榴树，五六月，榴花如一盏盏小红灯笼，悬在树上，好看得叫人发怔。

　　我们起初都有些怕呆子同尺，他虽头发花白，仍养得白白胖胖的，看见人，傻笑，嘿嘿个没完没了。他老婆很会哄我们，拿出炒蚕豆来给我们吃，一边安慰我们，不要怕，不要怕，我家同尺不打人的，他是个好人。

　　同尺过了不久，也就死了。棺材摆在堂屋里，正对着大门。我们走过门口，就见到那口棺材。也没有过多害怕，只是觉得神秘。同尺的老婆守着那棺材，直到我们毕业离开了，那屋子，那棺材，依然如故。

　　我再去寻那间草屋子，不见了。那里被一片树木覆盖了。同尺的老婆，也故去多年了。我也去寻那棵石榴树，拨开杂乱的树木、草丛，终于寻到那条小河。小河早已枯竭，石榴树居然还在，它上面，爬满了枯萎的藤蔓。五六月里，它还会撑着一树的红灯笼的吧。我在它旁边站了许久。有鸟儿在不远处的树丛中，跳跳蹦蹦。

　　学校的校长知我去，带了老师出来迎我。原先的中学，变成小学和中学混在一起，九年制的学校了。曾经的校园面貌已大改观，月亮门和一排青砖小瓦房，都不见了。还有那杨柳轻拂着的小木桥，和水边的小亭子，都已消失。有了很齐整的教学楼，还辟了一个小花圃，里面的红叶李，开得正喧闹。

　　我坐进一年级的教室里听课，听那些孩子们，像小鸟一样吟唱：春天的小池塘，微风轻轻吹着……

　　我恍惚看见，从前的少年，慢慢走过来。

乡下小居·
讲座

三十一日

我给我的小学弟小学妹们做讲座。

讲座放在饭堂里，空气中还残留着饭菜的余味。孩子们坐成一排排，济济一堂。

我给他们讲我的童年。讲乡下的野花野草。讲夏夜的星空，池塘里的蛙叫，树上的蝉鸣。讲摇晃着的煤油灯。讲田埂边的梦想。讲我的读书故事。讲我们现在正拥有的，将来回忆起来，都是最珍贵的。讲这个春天，田野里正在发生的故事。

田野里正在发生哪些故事呢？我让孩子们想。

孩子们的小手举成一片。

——小虫子钻出来了。

——小草长出来了。

——小野花全开了。

——菜花也开了。

都对。

这是乡下的好。到处听到鸟叫。看到太阳的影子，躺在所有人家的屋顶上。天上的云，被风拨弄得不停地摆着造型。我还遇见一挂瀑布般的云，就要哗啦啦奔泻下来，在绿油油的田野的上空。

我说，也许你们现在以为，身在乡村，不如城里条件好，不如城里繁华热闹。但你们要知道，你们日日处在大自然中，抬头就能看到蓝天，低头就能见到花朵，张耳就能听到鸟叫虫鸣，这是城里的孩子所不能拥有的，这是属于你们的财富。宝贝们，请热爱你们脚下的这片土地，它是你们生命的源。

孩子们的眸子，亮亮地看着我，他们拼命鼓掌。但愿他们真的懂我的意思，能学会热爱，把身边的一草一木，都当作真金，不自卑，不菲薄，乐观阳光，积极向上。

我爸我妈也来凑热闹。我从家里出发时，明明看到他们在地里忙活着的。然等我讲座时，却意外看到他们，端坐在台下。我妈微微昂着脸，听得很专注，像个小女生。

事后，我问我妈，你听得懂我讲什么吗？

我妈抿着嘴乐，说，听得懂，你讲的我哪有听不懂的。

你讲得好啊，胆子大，当着那么多人的面，你一点儿也不怕。我妈由衷感叹。

好了，花开了一树又一树，经春风的小手几番拨弄，它们飘落成溪，顺水流到岸边那些人家去了，顺便也把春天的明媚与鲜妍带去了。

四月
April

乱 分 春 色
到 人 家

草
木
染

春色面前，人人平等。

乱分春色
到人家

一日

春天走到四月，算是走到它的盛年锦时了。

一个世界，花开得热气腾腾。知名的，不知名的，种种花儿全都挤到一块儿了，红袖飘舞，紫衣纷飞。让人想起张择端的《清明上河图》，那等熙来攘往，烟火弥漫。花们怕也是来赶集的，急急忙忙的，有要去酒楼喝酒的。有要去看戏的。有要去采买的。有要结伴着去看热闹的。

桃花最显目。它是花中的小美人，惹起多少相思和追慕啊。"桃花春色暖先开，明媚谁人不看来"，这诗，写得直白，却一网打尽了天下所有的眼球。那一树的灼灼与明媚，谁会假装看不见呢？从前，我老家屋前长一棵桃树，花开的时候，我奶奶每每从桃树下过，脸上都生出笑容来，她说，今年这桃花开得多好啊。其实，哪一年的桃花不是开得这么好呢！但我奶奶这么说，让我们坚信，今年的，确实比去年的更好。日子总是一天好似一天的。我那不大管闲事的爷爷，也会停在厨房门口，瞭一眼那一树桃花，有笑意，慢慢浮上他的脸。他虽没说什么，但我们都知道，他是很满意那一树桃花的。

"双飞燕子几时回？夹岸桃花蘸水开。"古人写的诗句里，少不得双飞燕的，离别伤怀。可关桃花什么事呢？桃花不管人间悲欢，它该开时就开，开得欢愉又丰盈。我很喜欢这里面的一个"蘸"字，就像吃生鱼片要蘸着芥末。吃螃蟹最好蘸点醋。小孩子吃薯片，喜欢蘸点番茄酱。

开花么，最好蘸点水，这一"蘸"，韵味就大大不一样了。水边宜栽桃树。

秦观写的"柳下桃蹊，乱分春色到人家"，初读时，就很喜欢。它就是一幅水粉画啊，有柳，有桃，有人家。柳是离不开河的。柳下铺出了一条桃花小径，自然，桃是栽在河边的。好了，花开了一树又一树，经春风的小手几番拨弄，它们飘落成蹊，顺水流到岸边那些人家去了，顺便也把春天的明媚与鲜妍带去了。"乱分"二字用得最妙，是不看你家门楣高大与否，不看你是位尊还是位卑，总能分你一两瓣桃花的。春色面前，人人平等。

世上之物事，没有绝对的

二日

病了，头晕目眩，发寒发热，只能躺床上。

一整天无所事事，只关乎病。红的绿的白的药丸子，塞进嘴里一大把。汗淌了一身，人像被海水冲到沙滩上的鱼。

在疾病面前，谁都无能为力。

幸好，脑子还好使，耳朵也还清明。听到窗外的鸟在啁啾。我猜着那是什么鸟。白头翁？小画眉？野鹦鹉？小麻雀？认识的鸟儿也不多，只能是这常见的几种了。曾遇见一只头上长角的小鸟，像人一样的，在树丛下散着步，小脑袋不停地转来转去，视察般的，煞是可爱。后来，查阅得知，那是角雉。这种鸟有隐士性情，喜欢栖居在海拔较高地段，我们这里有，真是奇怪了。

想来这世上之物事，没有绝对的。曾有一女同事，嫁往东北，多年之后，回乡来住，她言说，已不习惯老家的生活了。异地而居，初时她也有诸多不适应，想老家想得厉害。时日久了，她的呼吸，已融入它的磁场里。她的磁场里，也有了它的气息。她说，还是我们东北好啊，夏天也不怎么热，晚上睡觉都不要开空调。冬天气温虽低，却一点儿也不感到冷。语气里，都是热爱。她成了真正的东北女郎。

去医院打点滴。傍晚时，热度降了。

明天，能外出看花吧？

梦中
世界

三日

一夜多梦，都不成章节，乱七八糟，历经悲喜。

梦中世界，是不是另一个人生？

零零散散记起，我大病，念叨着说，好多地方我还没去呢。然后，晕晕乎乎，人不知行了几千里。睁眼一看，自己睡在貌似一顶帐篷里，旁边坐着我的那个人，正低头温柔地看我。我问，这是哪里，我怎么不认识？他答，非洲，一个你没到过的地方。

非洲？我们竟跑到非洲来了？我大惊。那这地方叫什么名字？我问。他告诉我叫什么叫什么。我没记住。又告诉我，这个地方相当小，小到只有几十户人家，家家都住帐篷，靠捕鱼狩猎为生。我喜，这好，人不多最好，我们是不是也要去捕鱼？那人答，是，我们也要捕鱼。我一想，不行啊，我怎么还睡着，我得出去看看啊。想爬起来，却怎么也爬不起来。这么几挣扎，梦又切换到另一个地方了。

另一个地方我在疾书一个女人的故事。女人有个好听的名字，叫蕊。蕊在每年桃花开的时候就犯病，病来得好是蹊跷，她一夜睡醒，浑身湿透，然后，高烧不退，情形怕人。

梦里也知道自己是在做梦，怕醒了记不住，努力对自己说，我得记着，等醒来的时候好写。晨起，在枕边发现昨晚随手翻的一本杂志上，有彩笔划过的痕迹，貌似一些字。仔细辨认，看出"另一世界""桃花""伤情"等字样。大概是我在梦中随取枕边彩笔疾书的了。我得把它写完，才不枉我做了一场梦。

清明风

四日

清明有风。

其实哪一天都有风。但清明的风，它有了个正儿八经的名字，就叫"清明风"。西汉时期的《淮南记·天文训》中是这么说的："春分后十五日，斗指乙，则清明风至。"

春天走到这里，算是站稳脚跟，功成名就了。它仪态万方的，随便往哪块田间地头上一站，哪里该绿的，便都绿好了。该开花的，便都开好花了。虫子们也都出来了。鸟们也都聚齐了。清明风吹着香，吹着暖，吹着说不出的好闻的气息，又嫩又软。唉，我们小孩子的心，被吹得像柳絮一样的飘起来，不知怎么撒欢着才好。那沟渠边的茅针，都冒出来了，可以一粒一粒找着，拔出来吃了。跑进菜花地里，捉捉小蜜蜂，也够我们忙活大半天的。或者，在河边折了柳枝，采一把菜花，坐在那老柳树底下，编编小花篮和花环。

每个孩子的头上，这天，都会戴上那样的一个花环的。我们蹦跳着唱歌谣：清明不戴杨柳，死了变黄狗。清明不戴菜花，死了变黄瓜。——真是没道理。可我们唱得那么兴高采烈，信以为真。即便是男孩子，也会在头上认真地戴上一个花环的。我们迎着清明风，一路奔跑，头上的黄黄绿绿，跟着风飞舞起来，惹得蝴蝶来追逐。也正玩得起劲，家里大人的高嗓门，忽然传过来："快家来给祖宗亡人磕头。"哎呀，差点儿把大事给忘了呀，赶忙转身往家奔。这天，家家都要供亡人的。

　　我们能知晓的老祖宗，也就是他们的一个个牌位。牌位上的祖宗亡人，我们多数没见过面。有幸见过的，比如我的婆老太，也多半被我们遗忘掉了。当烛啊纸钱的燃起来，我们几个孩子，一个接一个，对着牌位跪下来，像小鸡啄米般的，连连磕头，磕着磕着就偷偷笑起来，觉得好玩。

　　大人们嘴里念念叨叨，一边烧着纸钱，一边叫着谁，说，某某，家来啊，家来取钱啊。你们要保佑一家大小平安啊。我忍不住四下里看，看他们会从哪里走回家来。案桌上，照例供着供菜：炒团粉、烧豆腐块、红烧鱼、红烧肉。米饭堆得尖尖的，筷子插在上头。我很害怕他们会把那些全吃光了，我是很想吃红烧鱼和红烧肉的。心心念念着这些吃的，外去玩一圈回来，中午的饭桌上，竟意外有红烧鱼和红烧肉，让我们对祖宗亡人感激不尽，他们竟一点也没舍得吃，全省给我们吃了。

　　对小孩子来说，死亡也仅仅是一个东西没有了，但很快，又有另一个东西冒出来，来代替它。就像桃花谢了，梨花又开了。他不会知道，祖母没有了，再没有一个祖母可以代替她。人是上了一定年纪，才懂得哀愁的，吹着清明风，有多少怀念的泪，落在心头。

　　这个清明，我很想念我的祖母，她在地下已十年了。

邂逅
紫荆

五日

紫荆开起花来，真叫人无话可说。

说什么好呢？说什么似乎都是多余。

我先是在我家附近的广场上，邂逅到五六棵。后来，又在路边，邂逅到一大群。

它没开花时，你走过它身边，根本就注意不到它。它的样貌儿实在过于普通，谈不上高大，谈不上粗壮，枝条稍显紊乱，看上去像个不修边幅的人，潦草得很。

一个冬天，它都光秃秃的很彻底，树上不残留一片叶子。

春风吹了又吹，吹了又吹，梅花开了，樱花开了，李花开了，桃花开了。就它，仍是一副大梦未醒的样子，裸露着乱七八糟的枝条儿，在春风里，瘦骨嶙峋着。

可是，是什么时候什么时候呢，它竟趁人不注意，披上一身的花蕾？然后，又是什么时候什么时候，它开始珠花插满头？

真像是变魔术！那满头紫色的珠花，打哪儿变出来的？这真是个谜。自然界里，藏着太多的谜。我想，这也正是大自然令人着迷之处吧，永无厌倦。

紫荆的花，无法用"朵"来形容。你也实在分不清，哪朵跟哪朵。它们是抱团而来的，簇簇而生，挤在一起。一撮又一撮，爬满枝干。好奇怪啊，那枝干上，那枝丫间，也蹲着那么一簇簇。你站在它们身边，望久了，似乎听到它们发出咯咯咯的笑声，如铃铛响着。——花们，是最爱笑的了。没有一朵花是愁眉苦脸的。

我围绕着一棵棵紫荆，走过去，再走过来。我似乎无所事事，可我委实又忙得很。唉，我的眼睛不大够用。我想起《诗经》里的"邂逅相遇，适我愿兮"。人在春天里，真是艳福不浅啊，遍地艳遇。

云萝

六日

在写一个故事，故事的主人公，我取名叫"云萝"。

云萝是紫藤花。对这种花，我初见就生了偏爱。单单那紫雾一般的色彩，就如谜一样的。

我曾经所在的校园，有一条很长的紫藤花廊。每到四月紫藤花开，整个走廊，都披挂着一串一串紫色的"铃铛"了。这个时候，廊下必晃着一些女学生的身影。她们有事没事，爱聚在那里，左看看，右看看。她们在，那花廊看上去，便越发的艳丽和活泼了。

每每这时，我总要长久地观望。有时会站在教学楼上，从四楼的窗口，往下看。有时，会站在楼道拐角处。这个世界，倘若没有花开，该多寂寞啊！倘若光有花开，没有人赏，也寂寞。

我很替那一走廊的紫藤花庆幸，很感谢那些女学生。

学校搬走了后，那紫藤花廊就被拆了。那些紫藤花般的女学生，也都分散到世界各处去了。不知，她们偶尔会不会忆起，青春岁月里，曾有那一走廊的紫藤花相伴。还有，我这个爱极了她们的老师。

每一滴的颜色里，都有桃红柳绿的味道

七日

下雨了。春雨。细细绵绵的。每一滴里，都是好颜色，都有着桃红柳绿的味道。

我听着雨发呆。我要急着做什么，或不做什么时，常如此发呆。也不是愁着，也不是恼着，只是让自己的情绪有个缓冲。有没有人知道，时常发发呆，也是一种幸福呢？

我在想，从三月下旬到四月上旬，这么些天，我都做了些什么。我回老家住了一小段日子。我在屋门前栽花种草。牡丹、波斯菊、大丽花、蜀葵、胭脂花，反正是乱乱地撒下种子。我爸我妈拔掉门前长得好好的蚕豆，由着我折腾。

鸟儿来啄食。我不恼，反喜，它们会把那些花种子带去四面八方呢。然后，某天，我会在一条沟边，看见一簇波斯菊。嗯，我会很高兴，那是我的花种子。它们在那儿安家了，很好。

我去我少年时求学的学校，我坐进教室里，和孩子们一起听课。看到他们，我仿佛看见从前那个扎着两条长辫子的小姑娘，她背着母亲缝的方格子书包，在春风柳绿里，走过那座石桥，走进教室里。

我给那里的孩子们做讲座。他们热烈地簇拥着我，是一朵朵小小的喇叭花。那个时候，我是世上最幸福的人。

去看花。

春天总是一场花事接着一场。

哦，不，不对，应该是各摆擂台，同时登场。到处都是锣鼓喧天的。人忙不过来了。看桃花，看樱花，看海棠，看紫荆，看菜花……

终于给自己寻得一个偷懒的理由，春天么，就该享受呀。

朋友大福率团来。一行人浩浩荡荡去了大丰的荷兰花海。天公不作美，阴且沉郁，还风大。可满园的郁金香，朵朵里面，都住着一个小太阳的。

又去大洋湾赏樱。风吹，空中飘起樱花雨。那情，那景，让人恍若梦里。

春天，就是风情万种的

八日

　　春天。这是春天啊！有谁能好过春天去?

　　花香鸟语春光好，——真个是这样的。

　　即便什么也不做，只要被那春风吹上一吹，人也会变得不一样了。春风拂面，多温柔!

　　这个时候不宜生气，不宜吵架，只宜和风细语，把酒言欢。

　　还宜嫁娶。

　　也总是遇见拍婚纱照的。一对新人，像花儿照着花儿。他们随便往哪棵花树下一站，或背倚着一棵柳，或衬着一片菜花地，就美得很出尘了。是仙人身在仙境里。此情此景，春天会帮他们记住的。我总忍不住要感动，在心里默默祝福他们：亲爱的，别辜负了这个春天，一定要永远相亲相爱啊!

　　满地的菜花，开得疯了，不要命了。掏心掏肺地开。火一般的热烈。海一般的深情。你在它跟前，除了束手就擒，温柔沦陷，还能有什么法子呢?

　　一树的红。一树的粉，一树的紫。花树成片，也都不要命了，赤裸着一颗心，竭尽所能地灿烂着。是夹竹桃。是海棠。是紫荆。

　　绿也是透透的。叶绿。草绿。水绿。我在路边走着走着，就萌生出一个欲望，想就地打个滚，染它一身绿。

　　谁都可以在春天的舞台上，走上两步的。任怎么走，也都是风情万种的。

　　春天，就是风情万种的。

一溪梨花
一溪月

九日

　　从前家里是长梨树的。

　　长了好多年。从我记事起，一直到我中学毕业，到我大学毕业，到我成家有孩子了。

　　两棵，在屋门口。一棵结瓢梨，一棵结苹果梨。

　　瓢梨果实大，渣滓多，皮糙，我们不大喜欢吃。苹果梨光滑，皮脆肉嫩，水分足，又果实小巧，一咬一口甜。我们问过奶奶这个问题，长那棵瓢梨做什么呢，为什么不改长苹果梨呢？

　　我奶奶怎么答的，我忘了。似乎是答，万物的存在，都自有它的道理。

　　奶奶是个惜物之人。那瓢梨她摘下来，去皮，切片，和冰糖一起炖，好吃得很。还治多痰、咳嗽。我们又因此，喜欢上那棵梨树了。

　　四月天，蜜蜂嗡嗡出来了，那么多。它们整日价的，缠绵在两棵梨树上。这个时候，桃花落了，梨花正当时。

　　梨花真白，白得耀眼，冰清玉洁。梨花一来，整个世界便都安静下来。桃花开的时候不是这样的。菜花开的时候不是这样的。桃花和菜花，都是热闹的，神采飞扬的。梨花却是静的，是不多言不多语的一个好女子，温婉都在骨子里。它们衬得几间平房是静的。屋顶上的茅草是静的。轻轻飘洒的阳光是静的。鸡鸣也是静的。鸟飞也是静的。连喜欢蹦跳的狗，也安静了许多。人对着梨花看着看着，睡意就上来了，好想抱着暖阳，软软地做个梦啊。

　　有日黄昏，我从外面玩耍归来，天上一枚月亮，已如水印子似的，印在头顶上。而夕阳，像颗饱满的红果子，正慢慢下坠。我看见我奶奶，倚着一树梨花在打盹。梨树底下，长着一些蚕豆，蚕豆花也开了，像一些亮晶晶的黑眼睛。她是给蚕豆们除草的吧。她可能除一会儿草，看一会儿梨花，看着看着，春困上来了。那一树梨花，映着奶奶的白发，叫我发怔。我叫，奶奶。奶奶一惊，醒过来。呀，怎么睡着了？她笑。

　　多年后，每当看到梨花白，我自然而然会忆起多年前的那个黄昏，头顶上是月亮，西边天上是夕阳，奶奶和梨花共白头。我们所谓的人生，就是由这些不起眼的细节穿起来的吧，因此具有了温度。

　　读过一首无名氏的诗：

　　旧山虽在不关身，且向长安过暮春。

　　一树梨花一溪月，不知今夜属何人？

　　也有人说，是"一溪梨花一溪月"。我比较认同。暮春之际，诗人触景生情了，他看到一树梨花，想起那年那夜那人，他们沿一条小溪，一起漫步，梨花在月下静静绽放。他和那人，眼睛往溪水里无意一瞥，看到一溪梨花，相拥着一溪月亮。那情那景，成了他记忆里温暖的一章。如我忆起老家屋前的梨花和奶奶。

　　老家的梨树，在我爷爷奶奶走后，也渐渐老去了。

小乐趣

十日

　　生活中有些小创意，确实有趣。比如，在鸡蛋壳里养花。

　　长小多肉最好。一个鸡蛋壳里，正好可以养上一粒小多肉。肉肉的小植物，实在能把人的心萌化了。

　　吃剩的水果核，丢到土里，也都能长出一盆绿来。发芽的马铃薯，埋到花盆里吧，过些日子，你就能欣赏到马铃薯的花，不比兰花差。吃红薯的时候，我想起来，要留一半长着玩。结果，半块红薯，硬是给我长出一大盆的藤蔓，牵牵绕绕，自成风景。

　　我还在花盆里种过花生、黄豆，看它们冒出芽芽，一点一点长成，特有成就感。

　　矿泉水的空瓶子，拦腰剪成两半，一半长胡萝卜，一半养绿萝。可用绳子穿起来，我高兴挂床头就挂床头，高兴挂书房门上，就挂书房门上，看着养眼养心。

　　去海边玩，捡回几个海螺贝壳。在里面长花，也好。最好是长太阳花。这花命贱，沾点土就能成活，我顶喜欢长它。随便掐一段，插进去。不几天，也就生根了。不几天，也就开花了。刚好一朵红。贝壳驮着那朵红，像是欢欢喜喜地去赴宴会。

　　洗衣液用完，那瓶子我不舍得扔。修修剪剪，可插一束小野花。好看得仿佛它本就应该做个花器。也可做笔筒。我不嫌麻烦，给它做了个小布兜，兜住，摆书桌上。有多少笔都可以插进去，它的容量实在大。有种拙朴的天真。看着这个笔筒，我很想多买些笔回来，多写些字。

今日出行，在小河边，捡了个坛子回来。它半埋在泥土里，上面有青草蔓生。是谁家的腌菜坛子，不用了，把它当垃圾扔了。我眼尖，觉得青草下面有宝。我挖了一手的泥，也是顾不得的。捧着它回家，挺乐的。

洗洗涮涮，它变干净了，褐色的釉面，闪闪发光，实在是很可爱的一只坛子。我没想好拿它做什么。我可以在里面长葱。或者，长长铜钱草。或者，养几枝荷花。要不，装装零食亦可。生活让人迷恋之处，多半是因为有这些小乐趣在，无须花费太多，就能获得。

文章之美，在于字和词语

十一日

每日晚，我都会梳理一下白天所做之事，害怕自己的虚度。若能有一二痕迹可圈可点，始才觉心安。

今日是在阅读中度过的。读得也慢，对一些字或词，我会反复咀嚼。文章之美，在于字和词语，我不知别人有没有注意到这点。遇到好字好词语，我如捡到珍珠。然好字好词语，又要看它用在什么地方，用在什么情境下。比方说，百花闹春。这个"闹"字，就相当传神。倘若换一个地方用，未必就是好了。吵闹、喧闹、闹腾都是闹，用在花朵身上，是可爱。用在人身上，那就挺烦人了。

也一直在看沈复的《浮生六记》。感叹沈复的命运多舛。有夫人陈芸，世间不多见的可爱女子，聪慧贤淑，又多玲珑灵巧，有雅趣，有思想，有才情，与他恩爱非常，情投意合。可惜那个年代，是容不得有雅趣有思想的女子的。她终在贫瘠与悲望中死去。死前，拉住他的手，挣扎着说："来世……"这两个字，弹成绝响。可怜她一女为人童养媳，一儿又夭折。真正是可叹。

我想给她写个传。

跟着
菜花走

十二日

也不定去哪里，春天，处处都是桃花源。

满地的菜花，都开得疯了。是谁用油漆刷上去的？谁也没有这么大的本事。只有风了。昨天刮了一天的大风，菜花一夜间全黄了头。

也可能是雨。昨天间或下着小雨，淋淋的，飘飘的，细若游丝。原不曾介意，那是落的颜料呀，黄得彻底。

跟着菜花走，走着走着，就闯进一个小村庄去。

小村庄挺村庄的。有小河傍着村庄走，一河两岸，都是菜花黄。

村庄人家，三三两两，房子挨在一起，前后相连，巷道曲曲弯弯。家家院门口，都有一小块菜畦。长韭长葱，长菜花。韭也开花了。葱也开花了。韭菜花与葱花，我以为该入得花谱。它们天生丽质。对着一朵韭菜花，或是葱花，我实在不知如何形容它。它美得那么单纯，天真，是乡间的好女儿。

有妇人在门口洗衣。有猫在一截矮墙上梭巡。荠菜花喜滋滋地开在墙脚下。狗尾巴草高踞在一幢房的房顶上。

屋后的大片坡地，都是菜花，撒着泼打着滚，染得一天一地，都是金黄的。高高的鸟窝，俯瞰着菜花。小蜜蜂成群结队，如轰炸机。农人没在菜花里头，声音从菜花深处传出来。鸡也不鸣，狗也不吠。是啊，菜花开得那么好，它们也怕惊扰了。

　　我和那人跑进菜花地里，对着一朵一朵菜花狂拍。几个村人从我们进村起，就尾随在我们身后，直到看见我们走进菜花地了。他们不解，问，这菜花为什么要拍？拍了做什么用？

　　啊，简直没办法回答他们。我能告诉他们，是因为我实在太爱了么？不，不，在他们，菜花么，就是菜花，它们长在那儿，是日日相见的，是融入生活中的家常，实在没什么可奇怪的。美在美中，并不自知。

　　我们走后，听到他们在身后议论：

　　——这两个人是来拍这菜花的，这菜花有什么拍头呢？

　　——怕是记者吧。现在都要宣传乡村美的，他们怕是来宣传我们乡村的。

尽孝要趁早

十三日

爸过生日。几天前我就惦念着。早上躺在床上给他打电话，祝他生日快乐。外面雨，想着就偷会儿懒，不要出门去。

早饭后，我铺纸在桌上涂抹。想画幅菜花图，画着画着，却画出一个蛋糕来。心到底不安，尽孝要趁早，想我爸还有多少生日好过？我还是决定回家去，陪他过生日。

赶紧梳洗换衣，去商场买礼物。买了一件外套，又买了一堆的菜，订做了一个大蛋糕，给老爸热热闹闹庆生去。

打电话给姐和弟弟，他们都回没空。我能记住爸的生日，他们颇感意外。榜样的力量是无穷的，我且做那个榜样吧。他们答应，有空会回家看看。

爸见我回家，开心得不得了。我给他换上新衣。我给他发放零花钱。我给他布上一桌好吃的。他像孩子一般，听凭我摆布。

坐到桌旁，他望着大蛋糕笑，说，梅啊，这是这些年来我过得最开心的一个生日了。

他其实忘了，我每年，都是这样替他过生日的。

我不去反驳他。我只愿，他觉得当下的每个日子，都比从前的日子更快乐，这就很好了。

春风十里，
菜花十里

十四日

一片林木下，开满了菜花，像铺着厚厚的地毯，树木倒成了陪衬。让我有种冲动，想奔过去，就地打个滚，染它一身金黄。

平地上开满菜花，像摊开了一席华丽丽的桌布，上面摆上杯盘碗盏。知己二三人，围桌而坐，斟上春风几缕，蘸上春光几滴。哦，那些花啊朵的，还有那些嫩绿与鹅黄，桃粉与梨白，哪一样，都能拿来做下酒菜。不饮也醉。

坡地上的菜花，则显得有些调皮了。我老疑心它们长了脚，集体商讨着要干一桩大事。这桩大事，一定和春风有关。它们要和春风一起私奔。

我在城外，遇见一户人家，独独的一户。两层小楼，有些陈旧。门前有坡，坡前是河。浚河的泥土堆积成坡的吧？坡上全是菜花，通黄通黄的一坡。它们活蹦乱跳地奔着房子而来，快到窗前才刹住了脚。似乎在踌躇，似乎为它们的莽撞有些不好意思了。它们窃窃私语一番，踮着脚尖朝窗内张望。窗内有人吗？——我多么希望有。那人也在窗内望着一坡的菜花，充满探究，充满深情。春天，谁都怀着一个盛开的小秘密。而因这个小秘密，陌生的，也可以成为同谋，在一刹那间完成心灵交融。比方说，花与蝴蝶。花与蜜蜂。小草与春风。泥土与虫子。星辰与露珠。它们在春天相遇，粲然一笑，心照不宣。

我站着等，看菜花们终将奔到哪里去。我看到它们掉转头，齐齐奔向坡前的河里去。河里一河的春水荡漾。春水，多好！春水碧于天。一切只要沾上"春"，便都有了勃勃生机。春风，春雨，春月，春光，还有春云。春水里倒映着几朵春云，如梅花瓣似的，荡着，又轻又软。春云春水两溶溶。

菜花们惊呆了。它们站在河边，勾着头，朝水里面张望。水里面倒映着它们黄灿灿的影子。它们对影顾盼，好奇地相问，那是谁？那是谁？它们根本没想到，那是它们自己。

我在它们身后，告诉它们，这是你们呀，春水映着春花呵。是的，我想把菜花就叫作"春花"。春花，春花，没有它们，一个春天该是何等寂寞！

春风十里，春花十里。

落花

十五日

花朵掉落的声音，有时也会吓我一跳。像茶花，整朵掉，"啪"的一下，跌落在地板上，一副大义凛然的样子。我很替它疼得慌。我在它的身下，垫上一块软垫子，好使它再掉落的时候，会摔得轻一点。

水仙花的掉落，是微风吹过的声音，像它本身，非常的文静。但香魂一缕，却久久不散。掉地上，色泽很快萎了，那尸骨闻着，也还是香的。

君子兰的花，像蜡烛燃着，燃着燃着，燃到头了。火灭了，魂走了，又干净又简单。我轻轻摘下它残留的"灰烬"，埋到它身下。来年，它又会开花的。

太阳花落下来，如蚂蚁轻轻叮了一下。它是开到实在开不动了，皱缩成一个小虫子，才肯落的。拿它的落花，在纸上随便涂抹，黄便是黄，红便是红，粉便是粉，上好的天然的颜料。纸上很快又有一番花开，十分意象，美妙得很。

我走过几棵梨树下，梨花簪了一头一身了。风吹，有梨花轻轻飘落下来，一朵刚好落到我的肩上。我摘下肩上花，放掌上细细端详。它真美，美得无瑕，即便是掉落了，也本色未改。丘处机写它，曾不吝赞赏："白锦无纹香烂漫，玉树琼葩堆雪。"它果真的如"白锦"，如"琼葩"。

一年蓬和婆婆纳是怎么落的？只有风知道。它们在风里开花，在风里一点一点飘落，都是悄无声息的。蒲公英呢，就从来没有死亡。它开过花后，又再度"开花"，那白色的绒球球，哪里是果，分明又是一场盛开！然后，它撑起它的小伞，跟着风，开始它愉快的旅程。它什么时候回家呢？我小时坐在田埂上，对它，是充满好奇和羡慕的。

　　"沙砌落红满，石泉生水芹"，又或是"秋千未拆水平堤，落红成地衣"，这里的"落红"，该指桃花才是。也只有桃花这样的花，才能在地上铺出又一番旖旎。春天里，能和桃花比肩的，梅花算一个，樱花算一个，海棠算一个，这些花的风情，是打娘胎里就带来的。即便死亡，也要华丽丽的。它们的落花，远比开在枝头，更叫人惊艳。

我很愿意
成为一粒光

十六日

下雨了。

春天的雨。绵绵的，如婴儿柔软的小手指。

我在苏州，一个叫"相城"的地方。做完讲座，身体疲乏到极致，精神却是欣欣生长的藤蔓，因那些小听众脸上的光彩，他们争着说感动，说从今后，也要好好热爱，热爱生活，热爱自己，热爱大自然。

我很开心。我很愿意成为一粒光，哪怕仅如豆粒般大小，它也能照亮一个两个人。能做到这样，已经很好了。我努力去做。

逢着生日。庆祝方式很简单，那人陪我吃块小蛋糕，喝杯咖啡。把这绵绵小雨，当作礼物。想起小时，每回过生日，十有八九都是下雨天。我不喜，因不能尽情玩。大人们却高兴得很，老天降雨，那是对小孩的祝福，雨一寸，长一寸。

我有没有长成他们想要的样子呢？我爸我妈都老了，他们不记得我的生日了，我电话里逗他们，知道今天什么日子吗？他们答非所问，该种玉米了。话题突然又一转，我妈说，你爸夜里又睡不好，浑身疼，尿急，一夜起床恨不得有二十趟。我爸抢过话头，说，你妈头晕得厉害，她又偏偏不听话，叫她歇歇，她偏又要去地里伐胡桑条子。我尚没来得及消化他们的这些话，我妈忽然又说，同标家的狗少掉了。啊，就是跟在你后面的那只小白狗。西头大宝家的小羊走丢了两天，现在自己回家

了，你说稀奇不稀奇？

然后，又突然问，你什么时候家来？

我说，等我从苏州回去，就回家。

没事，一切有我呢。我补充道。

我听到他们在电话那头，乖乖地答应，好。

既见君子，
云胡不喜

十七日

归家时，半路遇雨。

风狂，是恨不得把大地给吹到天上去的。雨滂沱，哗啦啦，如瀑布飞溅。真正的风雨交加。

脑子里一闪念，想起《诗经》里那首《风雨》来：

风雨凄凄，鸡鸣喈喈。既见君子，云胡不夷？

风雨潇潇，鸡鸣胶胶。既见君子，云胡不瘳？

风雨如晦，鸡鸣不已。既见君子，云胡不喜？

相思的人，最忌大风大雨，那份彷徨无助感，会倍增。字里行间读来，好似她等来他要等的人，云胡不喜，云胡不喜！可我怎么总觉得这是一曲悲歌呢！风雨潇潇，她的思念，被雨水打得又湿又重，那人还远隔在风雨之外。她心口疼得慌，无药可解，也只能这么幻想着：哦，他披着风扛着雨来了。她该用什么心情去迎接他呢？当然是欢喜雀跃。

这个傻姑娘！真是爱得越深越孤独呢。

我笑起来，那人看我一眼，问，笑什么。我说，没啥。

也不过一盏茶的工夫，风止，雨止，月亮出来了，一切又恢复到平和状态，似乎什么也没有发生过。包括几千年前的那场风雨，也不过是那个姑娘偶尔做的一个梦。树上的花朵还是成堆地堆着，是晚樱，还有紫荆。我不担心，世上之爱，到最后，总有它的归处。

阳光的画作

十八日

午时，我去看窗台上的花。那里有海棠、长寿花、玉蝶和红叶球兰，我还掬了一些小碗莲，拿透明玻璃缸养着。

小碗莲已长至五六寸高了。我是看着它拱开黑色的种子，细嫩的小芽芽，像一只肉肉的小虫子，从里面爬出来，然后，一天一天生长。生命的喜悦，就在于这缓慢而有节制的生长。

我看完小碗莲，无意中一瞥窗台下的桌子，那上面，也被我掬满了花草。我惊讶地看到，在仙客来和牡丹吊兰的中间，躺着一枝绚丽的彩虹。是的，没错，是彩虹。呈盛开的花朵状，既炫目，又艳丽。

是阳光的画作！

阳光透过我的琉璃缸，一笔一笔，描下了它心中的画。一笔红，一笔蓝，一笔紫，一笔橙，一笔黄，一笔绿……

我转动玻璃缸，桌上的"彩虹"，跟着我变幻着不同造型，一会儿像孔雀开屏。一会儿像飞起的彩色的羽毛。一会儿又像一朵彩色的合欢花，开在桌上。

我着迷了。它简直就是个奇迹。

大自然中，隐藏着的能工巧匠太多了。月亮的晚上，不妨看看月亮，是如何在一面墙上，一笔一画，描上树的模样，或是旁边建筑的模样。

风在沙子上作画，在水面上作画；阳光在波浪上作画，在树叶上作画；岁月在一棵树上作画，在一个人的脸上作画，都是值得一看再看的。

花趣

十九日

谷雨。天没下雨。

大风。风吹得天上一丝儿杂质也没有，蓝是纯净的蓝，白是纯净的白。都是一往而情深的。

有一会儿，天上的白云朵，全被风吹到一块儿去了。它们拥着挤着，像一窝小兔子。忽然的，这些小兔子收到什么指令似的，散开腿脚，四下里奔跑开来。它们的脚下，踩着一小片一小片的蓝天。那蓝，真是深邃得厉害，不好形容。像一个羊卓雍错扣在天上。

飞奔，一路。扬州。新沂。苏州。接下来，将要去黄山。合肥。济南。

却是佩服自己的，也还在时间的间隙里，看书，写作。书看的是《古文观止》，读到《尚书》了。真正有意思极了。以古观今，人类不是在进步，而是在倒退，没了礼义廉耻，没了道德规范。

读书使我安静，使我更好地观照自己。无论走到哪一步，都得谨记，你不是个啥，你要守着本分，谦逊、柔软和善良。

又搬一些花草回来。铜钱草一盆。红粉佳人之兰花一盆。紫罗兰一盆。喇叭花一盆。金钟吊兰一盆。好玩的是铜钱草。太阳下暴晒，盆里水干，它萎了一盆。我心疼地把它泡水里。很神奇的是，我才吃了一顿饭，它竟一根根竖立起来，又是精神抖擞的了。生命的顽强，真是无处不在。

我吃苹果，我也想让我的兰花吃。我吃鸡蛋，我也想让我的喇叭花吃。我称之为"花趣"。很乐。

一年蓬

二十日

天光未暗时出门，绿意弥漫于天地。

河边的柳丝已变得沉了，叶子都已长成。晚樱的花朵，被风吹落不少。紫荆树上，像来了无数个着紫衣的小女孩，她们紧紧抱成团，抱成一个个紫色的花冠。——紫荆花是最适宜做花冠的。

逢着一大片的一年蓬，开得旺盛极了。朵朵小白花，就像用剪子裁剪过似的，花瓣细密如丝线，也数不清有多少根，中间托着颗饱满欢实的蕊，一脸的秀气。

那真是一大片，波光涛影般的。我又惊又喜，在它跟前站住。熟悉！我当然熟悉！这种完全野生的草，这种完全被人漠视的杂草，如今也被引进城里来了，正儿八经当风景栽植。这是不是很励志呢？你若盛开，终将被世界待见。

一对年轻人走过。女孩子看到花，跳跃着扑过来，欣喜地大叫，花啊！这什么花？这么美！

她一袭红裙子，年轻的身影挨着花丛，很般配。男孩子举手机给她拍照，不停地拍，拍。他们的笑声，跌落在花丛中。

我悄悄走开，一边走一边笑。这真是很愉快的场景，我替一年蓬高兴，也替那对年轻人高兴。

山上的月亮

二十一日

一路奔着黄山而来。

我在车上读《古文观止》。周文篇。小国与大国斗智斗勇，要生存，有时拼的是智慧。好玩得很。

进了安徽境内，看山吧。说是下雨的，却艳阳高照，天蓝云白。山上的植物，被阳光照得通体发亮，像用翡翠做的。云层好低，一伸手就能够到的样子。

到达今晚的入住地——太平镇。黄山脚下的一个小镇，建筑依山而建。四周全是山，中间形成一个腹部盆地。小镇像个孩子似的，妥妥地躺在里面。

空气清新得不要不要的。随便沿着一条路走，家家都是现世安稳的样子，没有任何嘈杂喧闹之音。遇到几只大狗，也温顺得跟绵羊似的。一只猫躺在一块石头上睡觉，我跑去逗它，它扭过头去，作不屑状。

晚饭后，在住宿的宾馆旁边，我们顺着山道，往山上去。山也不高，我们只走了一会儿，也就走到山顶了。路旁的杜鹃花，开得疯狂。风中还飘来野蔷薇的香。月亮出来了，吓人得很。从山的背后，它慢慢探出头来，那么圆，那么大，足足有洗脸盆那么大。原来，今儿个是月半。

我们一行人呆呆地望着月亮，没有人说话。

黄山
挑夫

二十二日

一早有雾，有点担心，这样的大雾天上黄山，怕是要雾里看花了。

车子往黄山去，大雾竟奇迹般散去。云起云涌，山峦被环绕，被举托着，像一篮篮碧绿的菜蔬。

进到山里，太阳高照。预报中的大雨，并未降临。一行人喜，称有贵人相助。

不知怎么形容那些山，那些云。大自然的手笔，除了叫人惊叹，不能再有别的。连身边一个 6 岁的小娃娃也惊呆了，她叹道，好美噢！

真是无一处不美。同行中有一人开玩笑，就连厕所旁边，也是美得不可一世的。

也不全是山峦青翠。有的山上，空无一物，就那么裸露着，肌肤的纹理，清晰可辨。无论春夏秋冬，它们都这么裸露着，真正是光明磊落到极点。

满眼看去，都是松。哪一棵松，都是美的。

还有黄山上特有的杜鹃，就叫"黄山杜鹃"。我停在一棵旁边，细细看，满树的花苞苞，如蛇吐着红信子。有挑夫经过，怕我不知，看着那花说，这是黄山杜鹃，就这个时候最好看，将开未开的。

我看他一眼，他瘦，黑。所有的挑夫都瘦，且黑。他日日走过这棵杜鹃旁的吧？他并没有熟视无睹，这让我感动。

寻问，他干这行已近三十年。从前是论件，现在是论斤。他一担能挑二百斤，从山下，往山上挑，一斤一块一毛钱。

　　替他累。问他，为什么不改行？

　　他憨厚笑，说，习惯了。再说，我不做，总有人做。

　　天天在这山里转着也好，空气好，风景好，人长寿。他搁下这话，晃晃悠悠的，挑着担子下山去了，留我独自品味良久。

西递

二十三日

　　西递的名字诱惑着我。我觉得它从前该是一个驿站，骡马往西而去，在此打尖歇脚。

　　查阅资料，果真。古代此处为交通要道，设有驿站，供传递公文和来往官员歇息，驿站又称"递铺"，故又称"西递铺"。

　　西递完完全全就是一个大家族的兴衰标本。据说始祖是唐昭宗李晔之子，因遭变乱，逃匿民间，被婺源胡姓人家养育，遂改为胡姓。

　　未进村，远远就瞭见一个大牌楼，叫胡文光刺史牌楼，始建于明朝万历年间。牌楼气派非凡，底座上，有四只石狮子呈俯冲倒立状。

　　村子里明清建筑多。马头墙，黑瓦，黑石板（黟县多的是黑石头），跟别处的徽派建筑几无分别。

　　参观了大户人家，有钱的，官至二品的，被赐黄马褂的盐商。据说他们是李世民的后代。

　　天井采光。门楼修得极高，气魄。上面的石雕各有来头。有窗户上雕着片叶子的，喻"叶落归根"。又松竹梅菊，在石雕和砖雕中频频遇见。学问都在那一石一砖中。

　　徽州人重视读书。家家都有祖训，要子孙后代好好读书，出人头地。

　　巷道十八弯，这里连着那里。巷道都窄，且短。有小河流过，水深。

石阶连着人家的房子，有妇人在石阶上洗拖把，洗一下，抬头望一下我们。人家墙头上，一蓬蔷薇花开得正好。狗在村子里无所事事。我在村头遇见的那只，在村尾，又看到它了。想来它是一直尾随着我们的。狗是最怕寂寞的小东西。

　　雨天，游玩的人不多，倒让我捡了个大便宜似的。我这里看看，那里看看。走过村小学，校园静悄悄。孩子都在教室里上课。操场边，一棵树，像大伞样的撑着，不知长了多少年了。不远处，山峦叠翠，雨雾缭绕。

云山苍苍，
江水泱泱

二十四日

去严子陵钓鱼台，富春江上。

沿途的风景是一大把一大把的，山山披绿戴翠，水水澄碧，又云雾缥缈，烟雨若有似无笼罩其上，灵动朦胧，仙境处处。

司机不识路，耽搁了一些时辰，也无人怨。眼睛里看到的，都是美景，能不能到达目的地，又有何要紧？

富春江因严子陵而名扬天下。还有个功不可没的人，叫黄公望。他画了幅《富春山居图》，被称为中国古代水墨山水画的巅峰之作。

严子陵这个人有意思。他和刘秀是同学，当年同窗情谊深，一样的风华正茂，一样的才识卓越。两人还同时爱上一个姑娘，那个叫阴丽华的。刘秀在严子陵的协助下，坐上了皇帝宝座。阴姑娘嫁了刘秀，做了皇后，这对严子陵来说，是不是个结，只有他知道。

他隐居富春山，刘秀三番五次寻他，让他出山，他不肯。刘秀曾手书一信给他：

古之大有为之君必有不召之臣，朕何敢臣子陵哉！惟此鸿业，若涉春冰，辟之疮痏，必杖而行。若绮里不少高皇，奈何子陵少朕也？箕山颖水之风，非朕之所敢望。

这个刘秀可敬，情商挺高的，也没端着皇帝架子，对昔日这个挚友，算是敞开情怀，话语里不无诚恳：哎呀子陵呀，昔日那些为君者，手下都有不肯入朝为官的贤士，我当然也不敢强求子陵你为我做事。只是呀，你看，这天下刚刚平定，百废待兴，事事都如履薄冰，稍有不慎，就掉下去啦。就像患了重病的人，需拄根拐杖才能前行。想当初汉高祖平定天下后，隐居的绮里季都出来帮他，为什么子陵你就不肯帮帮我呢？箕山颍水之风固然值得推崇，但我真心不希望子陵你效仿啊。

严子陵得信后，思虑再三，还是去了一趟朝中，与刘秀见了见。两人同床夜话，留下"严光以足加帝腹上"之传说。这次会面后，严子陵仍回他的富春山，"披羊裘钓泽中"，过着他的优哉游哉的逍遥日子。

对他的退隐江湖，后世评述甚多，有说他是假意退隐，实则沽名钓誉的。但绝大多数，还是肯定他的高风亮节的隐士之风。范仲淹的赞语极具代表性：

云山苍苍，江水泱泱。先生之风，山高水长。

蔷薇啊
蔷薇

二 十 五 日

再不对蔷薇说点什么，我都觉得有负于它了。

它开得那么好！

起初，也只在我每日路过的一桥头，有那么一丛。我前年赏过。去年赏过。今年，自然也不会错过。它在那里，定居下来，成为永久的居民，——除非谁人为地破坏和打扰。

没有谁去打扰它的，它是当作风景移植过来的，这让我很放心。从此，每年我都能看到它开花，闻到它的香。

当桃花谢尽。当海棠花谢尽。当所有的菜花，也都卸了浓妆。我知道，该轮到它唱主角了。心里有隐隐的期待，走过它身边，目光不自觉会扫过去，哦，蔷薇快开了。

我因事离开小城几天，再回来，它已然绽开笑脸，是一群好儿女的样子。明知道它会开花的，却还是要惊喜，哦，蔷薇啊蔷薇，你怎么一眨眼的工夫就开了呢？

满城的蔷薇，也尽开了。一条河的两岸，全是！它们打哪儿来？是天上的云，贪恋人间的好，而化作蔷薇花了么？不知道。对这个小城的绿化设计者，我在心里十二分地感激他！

晚上，我更愿意出去走走了，那么多的蔷薇在等着啊！它们在岸上开着花，在水里面开花，在我心里开着花。每见一次，都是生命中巨大的欢喜。

莲一样
的风骨

二十六日

　　看到黄永玉跟人聊天时，说到萧乾。我在写林徽因传记时，曾写到过他。他因一篇短篇小说《蚕》，受到林徽因的关注，继而成为梁家"太太客厅"里的一分子，受林徽因影响甚大。

　　黄永玉说萧乾这个人非常有意思，也很有趣。他聊到这样一件事，说当年萧乾落魄了，成了右派，穷了，到街边买处理的水果，一半是坏的，买回来，洗干净，把坏的切了，用布摆好，刀、叉、餐巾，一一摆好。

　　我肃然起敬。一个人，无论再怎么落魄，但灵魂是不轻易屈服低头的，那是做人应有的高贵和精致。

　　想起曾在一本书里，读到一个类似的故事。也是那个年代，一个活得很精致的上海女人，一夜之间，成了"走资派"，被抓起来批斗。她的口红被没收了。她的好衣服被没收了。甚至头上的发夹，也被没收了。发给她的，就是扫马路的工作服，灰蓝灰蓝的。然她穿起来，就是跟别人不一样，又干净又整洁，上面没有一丝皱褶。衬得她的气质，越发高贵。原来，她每天扫完马路回家，都会把衣服脱下来洗了，用炉子烘干。又在玻璃瓶里装上开水，把衣服的皱褶抹平了。最后，叠放在枕下，到第二天出门时，再换上。

　　这是真高雅。是从灵魂底处，散发出来的高雅。他和她，让我联想到莲，出淤泥而不染。他们有莲一样的风骨。

芳邻

二十七日

我黄昏出门时，我的芳邻也刚好出门。好多次都是这样的不约而同。

电梯口，我冲她笑一笑，奶奶，你也出门啊？她回我一个笑，是啊，出门走走。

她也总是一个人（老伴去世已多年），不大跟人交往。平常也不大听到隔壁的动静，偶尔会遇见她的儿子，或是媳妇。瘦单单的两个人，言语不多，顶多是冲我微笑着点点头。儿子和媳妇，是不会陪她散步的。她说，他们才不高兴跟我这个老太婆一起走呢，他们嫌我走得慢。

小区的老人不少，三五成群的，常带着各自的小孙子，在小区的空地上，或是草坪上聊天儿，聊得热闹极了。但从不见我的芳邻凑过去，她的孙女大了，念大学去了，她觉得，她往里面凑着会很不自在。

我们一同进电梯，一同出楼道口，我再陪她慢慢走到小区大门口。这期间，我们会说一些话，正常情况下，都是我逗她说话。久了，我发现，我的芳邻似乎很期待我跟她走着这一段路。

好几天没见着你了，你是出远门了吗？这回，我的芳邻突然主动这样问我，让我颇感意外。

我说，是啊奶奶，我有事出门了几天。

听说你是写书的，你不要太劳累。芳邻无头无脑地叮嘱了我这么一句。我愣住，正想着怎么回答她，她却低头，到口袋里掏啊掏，掏出了一袋喜糖，不由分说往我手里塞。

　　昨天我侄子嫁姑娘了，我去吃喜酒了。她说着，很不好意思起来，眼睛不看我，看着别处，生怕我拒绝了。

　　这样的好意，我怎会拒绝？我心里泛起柔软的波浪来，当场剥一块糖吃了。又给芳邻剥一块，塞她嘴里。芳邻笑了，眼睛似乎湿了。我没敢多看她，我指着一棵海棠说，奶奶，你看，花都开好了。

繁花似锦已被轻绿取代

二十八日

　　楼下一片绿。也不知栾树是什么时候绿起来的。杉树们也都醒过来，枝头上，绿意轻点，像掬着些绿色小雨点。繁花似锦已被轻绿取代，该长叶的，都长叶了。

　　碧空也染着绿。我看到有绿绿的云，在天上生长，像长了一丛一丛的野豌豆。

　　槐花是个惊喜。老街道上有几棵槐，当是和那些老房子一样的年纪。满枝头的绿，捧着一窝一窝的白。望过去，叫人想谈恋爱了。

　　看书，读到一段话，像诗。录下来：

　　我来是要看看风的，风是金黄色的。每一寸阳光，都有焦糖的味道。我来是要看看拥抱，拥抱是柚子味的。

　　这里面生长着柔软、爱恋，还有光阴的轻缓甜蜜。

　　我在纸上随便丢下这样的话：

　　每一朵花都盛开在奔跑的路上……

　　石缝中，瓦砾间，断壁残垣上，墙脚处……向上奔跑是它们永远的姿态。如果没有奔跑，就不会有抽枝、长叶、打花苞苞，迎来它们自己的锦瑟年华。

　　懒惰，是自己给自己关闭上盛开的门，会错过很多风景。最后，错过的是与一个盛开的自己相遇。

　　解决懒惰的办法很简单，当你想躺下的时候，选择站着。当你想站着的时候，不妨跑起来。一切的美好，都在奔跑的路上。

老鱼
吹浪

二十九日

读到姜夔的词"高柳垂阴，老鱼吹浪，留我花间住"，我立即坐直了。
有意思！

夏日里，湖边绿柳成荫。湖面上，荷叶亭亭如盖。词人乘坐的小舟，
穿行于荷花丛中，天光旖旎，暗香浮动。蹲在花下面的老鱼，忘形得吹
起泡泡来，泛起浪花一朵朵，似在挽留船上的词人，来啊，来陪老身到
花间喝一杯啊。

为什么不写小鱼吹浪呢？——这是词人的聪明了。小鱼吹浪，那算
不得新颖别趣。小鱼么，就像小孩子，活泼好动，它们泡在水里面，没
事也爱吹着泡泡玩。唯这老鱼，年纪一把了，早就如老僧禅定，看透世
上万千，心中少有涟漪的了。让它也忘形地吹起泡泡来，可见得，眼前
的风光是何等绝美！根本无须再多赞叹，那夏日湖上之景，已活脱脱跳
跃出来。又或是，这条老鱼，它本就初心不改。像个老顽童，一颗老了
的心里，永远住着一个天真可爱的孩童。

有人把这里的老鱼，翻译成肥鱼或大鱼，真是糟蹋了一首好词呢。
老就是老，是胡子一大把的老，是修炼成精的那种老，是老顽童的老。
每根胡须里，都藏着一段往事和故事的。姜夔就是一条老鱼。

姜夔不单单写得一手好词，他在书法、音乐方面的造诣，也是一等
一的。他曾卜居弁山苕溪的白石洞天，朋友们都唤他，白石道人。这个

时候，他怕已是条"老鱼"了，创作了他自己的自度曲、古曲及词乐曲调，现留存于世的有《白石道人歌曲》六卷。他是南宋唯一以词调曲谱传世的杰出音乐家。

这样一个多才多艺的人物，一生却颠沛流离，一度曾靠卖字和朋友接济为生。也曾相遇到一段爱情，与一弹琵琶的姑娘相识，彼此欣赏，心心相印。无奈他安置自身也难，又怎能拖累姑娘跟着他受苦？两人最终，怅怅分手。多年后，他行至金陵江上，姑娘踏梦而来，他伤怀不已，吟出一首《踏莎行》：

燕燕轻盈，莺莺娇软，分明又向华胥见。夜长争得薄情知？春初早被相思染。

别后书辞，别时针线，离魂暗逐郎行远。淮南皓月冷千山，冥冥归去无人管。

后人夸他的词如"野云孤飞，去留无意"，又或是"幽韵冷香"，"清虚骚雅"。我读出的却是江湖迢遥，冷暖自知。

他每每作词，喜欢写序一则。比起他的词来说，他的序，更胜一筹。若说他的词是一扇雕花窗，他的序，就是那窗前一树梅花，疏淡有致，清奇骨秀。他给《念奴娇》作的序，值得一品再品：

余客武陵。湖北宪治在焉：古城野水，乔木参天。余与二三友，日荡舟其间。薄荷花而饮，意象幽闲，不类人境。秋水且涸。荷叶出地寻丈，因列坐其下，上不见日。清风徐来，绿云自动。间于疏处，窥见游人画船，亦一乐也。褐来吴兴。数得相羊荷花中，又夜泛西湖，光景奇绝。故以此句写之。

　　这等美景美情，怨不得老鱼都忍不住吹浪了啊。

我不惯于诉说痛苦

三十日

我不惯于诉说痛苦。

我觉得那是很扫兴的事情。

在这个世上，谁都活得不容易，谁都会摊上一堆儿的麻烦事。你若再去频频诉说你的苦痛，也不过是徒增他人的烦恼而已，使他人的情绪，染上灰色。——这么做，我以为很不地道。

那么，遇到痛苦怎么办？就像我昨夜，一夜未眠，被牙疼闹的。我在黑暗里，很不争气地淌着眼泪。我没有惊动那人，我知道，倘我发出声响，他定会因我的疼痛而揪心，定会陪我一夜不眠。而我的疼痛，不会因此减少一点点，却搭上了他的好梦，这又何必？

我想着办法，转移自己的疼痛。我想着一些美食，比如牛排。等我牙不疼了，我一定要去吃，且配上一杯浓浓的咖啡。我还要炒上一把蚕豆，装口袋里，随时嘴里丢一粒，让它和牙齿摩擦，发出嘎嘣嘎嘣的脆响。

我还想念一些花朵。我惦念着生态园的琼花该开了，我得去看看。想到那一片的琼花，我又暗自庆幸，幸好是牙疼，而不是眼睛疼。

晨起，我告诉他，夜里牙疼得很。他惊了惊，你怎么没叫醒我？我笑笑，没事的，疼了一阵子，也就过去了。抽个时间，我们去看琼花吧。

这个时候，我已能风淡云清的，坐在餐桌前喝粥了。

人生要一直那么匆忙着做什么呢？一路飞奔，来不及看景，来不及爱人。到头来，或许可以功成名就，可那些名头，到底是虚的。

五月
May

给 幸 福
一 个 奖 赏

草木染

今生无所大志，也不贪求，只愿随着天地欢喜，愉悦从容。

好时光是用来浪费的

一日

五月。气温一下子蹿得老高，三十度以上了，得穿短袖和裙子了。

午后，下了一点雨，有舒适的凉意。这个时候出门最好，花朵沾着雨水，含情脉脉，很有看头。

是蔷薇。

一个小城，已完全沦陷在蔷薇里了。风中满满的，都是蔷薇香。随便一搭眼，也就能看到一大丛粉色的小花，趴在河边，或是趴在桥梁上，或是趴在人家的铁栅栏上，笑得羞羞涩涩的。蔷薇花自有着好儿女的姿态，乖巧，招人疼。

词人在词里面写："东风且伴蔷薇住，到蔷薇、春已堪怜。"这个"怜"字，不好，悲了。词人自作主张地在替春伤感着。我们也总是如此自作主张的，悲春哀秋。其实，哪里是呢！春是华丽丽地归隐的。它用蔷薇花，给它厚厚的一本草绿花红，作了个漂亮的后记。"不摇香已乱，无风花自飞"，春的风情，真是余味不尽。

我在河边的一丛蔷薇花前停下来，看看水，看看花，一个下午，也就过去了。

好时光是用来浪费的。我愿意。

有女如云

二日

读《诗经》国风篇中的《出其东门》。

我随身携带的书里面，少不了一本《诗经》。坐车时，可以看看。等人时，可以看看。有时，什么也不做时，也可以看看。

《诗经》里的好多篇章，我已背得滚瓜烂熟了，比如这首《出其东门》。然每回再读，我还如初见般的，充满欢喜和探究。这在他人或许难以理解，你都会背了，还读什么？我说，当然要读。你从小爱吃的炸肉丸子和糖糍粑，你每回见着，还是怀着一颗迫切兴奋的心，去吃它。且终身保持着这样的热爱。每次品尝，你的心境和感觉，以及带来的愉悦，都会不一样。

读书也是如此。好文字不怕千万遍地读，直到每个字，在你的唇齿上生香，让你念念不忘。

不妨先抄录一下：

出其东门，有女如云。虽则如云，匪我思存。缟衣綦巾，聊乐我员。

出其闉闍，有女如荼。虽则如荼，匪我思且。缟衣茹藘，聊可与娱。

我很容易就沉入到那样的场景中去。春日迟迟，年轻男女们在野外踏青。花红柳绿自不必说，更叫人心旌摇荡的是，那一堆堆聚集在一起的女孩子，她们扛着一大把的好年华，青春活泼，曼妙生姿，如云如荼。

这回，我看到了站在城门口的那个男孩子，一脸的傻里傻气。他一

　　出城门口，就被眼前美妙的姑娘们撩花了眼，他只管发痴一般看着。有人打趣他傻，他还嘴硬呢。心气儿高得不行，说，哎呀，虽然这美女如云的，却没有一个中我心意的。他的眼睛睃过去，再睃过去，顿了一顿，说，不过呢，那个穿白衣裙，佩戴着绿佩巾的姑娘，还勉强让我看得顺眼。

　　我笑着他的不自量力。然又不自量力得如此可爱。后续呢？我猜测着那个后续，猜测着那个穿白裙扎着绿佩巾的姑娘，她最后做了谁的妇？——我就这么乱乱瞎想着，想着想着，又笑起来，时光真是饱满得不行啊！这是读书对我最大的意义吧，生活变得有趣，活色生香。

好奇心

三日

下雨。被他游说着出门去。

雨中看花看草，千娇百媚。水边多蔷薇，香。雨中的蔷薇，更香。经雨水调拌，这花香，可以直接拿来做食材的调味酱了。拌上一盘子木耳菜，当是好吃。

遇到一棵树，开绿花，一串儿垂挂下来。我绕着它打了半天转。实在好奇，它是从什么地方来的？它叫什么名字？

小时，乡下人家来客，我们多半是这么好奇着的。一家有客，家家跑去探望。小孩子么，更是频频往来，探头探脑，小脑袋里，对来客充满各种奇异之想：他是怎么来的？他住在什么地方？他都吃些什么呢？他有小孩吗？

我很高兴，活到一把年纪了，我还有颗好奇心在。

一年蓬仍是开得茂密。雨中，一朵朵素朴的小花，有了娇美。我想，等天晴了，穿着我的长裙子来拍照。

晚上，为了这些花朵，我们小小庆祝了一下，吃了炒糯米圆子、韭菜饺子、蒜泥龙虾，他喝了两杯白酒，我喝了一小杯红酒。

微醉。

大风吹出了水晶天

四月

风大。太大了。

风发了狂。

是什么惹得风发狂了？一个夏天在前面等着，它怕是也有些急不可耐了，开足马力，一路狂奔，想一脚跳进夏天里。

人于是很能原谅这样的风了。大风里，女人脖子上的丝巾，飘拂出一片流动的色彩。真是妩媚，叫人想入非非。

空气变得格外的好，洁净，澄澈。所有的尘埃，全被风刮跑了。

天空也变得格外的蓝。没有云，一丝儿也没有。云被风吹到了海里面，跟鱼儿们嬉戏去了。

不止我一人抬头在看这样的天空。有许多人在看，中有一人说：

大风吹出了水晶天。

觉得美，赶紧手录之。

再抬头看天，果真是水晶天啊！

晚饭后，风停了，出门散步。

每日里，走走路，看看天，实在幸福。

又花开满城。黄的红的月季，丰腴肥硕得不像话了，一个个全是贵妃派头。我一路走，一路赏着，心都化了。人生哪怕只有这一刻的盛开，也足够叫人感激的吧？

原谅我，我攀了一枝带回。虽然手被刺着了，还是倍感快乐。

我用半瓶清水供着，我也就供养着一屋子的喜悦了。

夏天是站在鸡蛋上头的

五月

夏天是站在什么上头的？毫无疑问，是站在鸡蛋上头的。——如果拿这个问题，问小时候的我，我肯定会脱口而出，说出这个答案。

夏天当然是站在鸡蛋上头的，故叫"立夏"。

一到这天，我奶奶就会小心翼翼搬出她那个盛鸡蛋的篮子，数出五只鸡蛋来，一二三四五，一二三四五，她左数右数。我们兄妹四个，再加我一个小娘娘（只比我姐大两岁，也还是孩子），一人一只。

鸡蛋是搁在粥锅里煮的。我们不时跑去看看，粥熟了没。那急迫与快乐的心，是没办法形容的。好比成熟的蒲公英的绒球球，经风一吹，就漫天飞舞起来，忍不住啊忍不住。那时我的心，就差撑一把小伞，飞上天去。

寻常日子里，哪里有鸡蛋吃！家里的油盐酱醋，是要靠它换的。我们用的小刀橡皮铅笔，是要紧它换的。也只在家里来了客人，奶奶会在饭锅里蒸上一碗鸡蛋，却要紧着客人先吃。我们被教育着，人要有骨气，不馋，不争，不怒，不怨。我们一般是避开那碗蒸蛋，假装视而不见，埋头扒着白饭，吃完，很快走开。心里却是记挂着的，那碗蒸蛋，客人全吃下去了吗？

立夏也就成了一个快乐的驿站。它立在鸡蛋上头，等着我们奔过去。四野里一片青绿，麦穗子已灌浆了，粒粒有着青绿的饱满。我们各自寻了一块麦地，握着一只温热的鸡蛋，躲进去，慢慢品尝。

　　这是我老家的风俗，立夏时，家里的小孩子，必吃一只煮鸡蛋，且
要躲到麦田里去吃。问过我奶奶为什么要这么做，我奶奶也说不明白。
我也是到多年后，才明白，世上之事，有些根本不需要你明白。你能因
此活出一份快乐，这就是最大的馈赠了。

　　今日立夏，我煮了两只鸡蛋，一只给他吃，一只给我吃。且电话我
的小孩，今日立夏，记得一定要吃一只煮鸡蛋啊。

小蓟

六日

它叫"小蓟"。

这名字若拿来做一个少年的名，倒不错。很文艺，不羁，飞扬。

我们乡下人是叫它"刺艾"的。这个名字少了文艺，却更形象。刺，自然是因它多刺，叶上也布满了刺，——它顶着一身刺，是随时随地准备战斗的。艾，是取了艾草的味道，苦，一股子中药味。剁碎了喂猪，猪倒不是很挑，吃得很欢。羊不爱吃，至少我家养的羊是这样的。它们只伸鼻子闻闻，便很矜持地把头扭到一边去，再不看它一眼。

这草全株入得药。细想想，乡下的草，哪一棵入不了药呢！它们各有各的门道，各有各的生存智慧和本领，只不过有些秘密，不为我们人类知道罢了。

我在通榆河边遇到了小蓟，不多，只一棵，它跟一大片鸢尾花待在一起。却很特别地跳跃出来，因为它的花。

它的花，像用毛线扎出来的。毛线的颜色，是那种顶顶特别的紫，掺杂了柔粉在里面。鼓鼓的花托，托着一团参差稠密的"毛线"。我忍不住一阵小激动，凑近了仔细看，越看越觉得它美得很特别，拿它做毽子，当是十分的高级，——我小时怎么没想到呢！

不远处，有人在钓鱼。风在轻轻吹。

最大的幸福

七月

　　她坐在我跟前，风淡云清地说起她的孩子。

　　孩子是早产。她怀他时，得急性阑尾炎，不得不动了手术。手术和药物，对孩子都有影响。孩子从生下来起，就与别的孩子不同，他无法集中注意力，无法平衡肢体动作。

　　孩子好不容易学会走路，学会说话，却少了别的孩子的灵动。别的孩子玩的东西，他一样也玩不了，他拼不了积木，拍不了球，跳不了绳。坐教室里，每隔两分钟，他就要站起来，绕着教室走一圈，弄得老师颇头疼。

　　她一次次被老师找到学校去，老师婉言对她说，你家孩子太活泼好动了，不大适合留在我们这里呢。

　　她带孩子去北京看医生。医生检查的结果，孩子患了多动症。

　　那个时候，她在一家公司，已做到副总的职位，前途光明无限。她没办法兼顾，毅然辞去工作，专门陪孩子。她买了一大堆有关儿童多动症的书看，用她能想到的办法，训练孩子的平衡力和注意力。她还因此，组建了一家多动症康复培训中心。

　　她精致的面容上，看不出任何风霜的痕迹。她说现在儿子已念高中了，住宿。每天晚上下晚自习了，儿子都会给她打一个电话，兴高采烈地告诉她，妈妈，我今天表现很好呀，上课没有打瞌睡，作业也都做完了。

　　她不知道别人的幸福是什么模样。她只知道她的，每当听到儿子这么说，她的心，都长出一对幸福的翅膀来。她的儿子，能回归到正常，是她今生最大的祈求，也是最大的幸福。

　　她的脸上，始终挂着一抹笑容，她没有一句抱怨，有的，只是感激。感激上苍眷顾，让她和孩子，都能拥有眼下这段平安静好。

一别两宽，各生欢喜

八日

　　无意中，翻到我曾抄下的一份敦煌山洞出土的唐人的《放妻协议》，觉得很有意思。

　　协议内容如下：

　　凡为夫妇之因，前世三生结缘，始配今生之夫妇。若结缘不合，比是怨家，故来相对；即以二心不同，难归一意，快会及诸亲，各还本道。愿妻娘子相离之后，重梳婵鬓，美扫蛾眉，巧呈窈窕之姿，选聘高官之主。解怨释结，更莫相憎。一别两宽，各生欢喜。

　　我实在佩服写出这份协议书的男人。他愣是把一场尴尬的离婚，弄得温情脉脉祝福满满，这哪里是离婚，这分明是知心好友殷殷话别。

　　他与她，因父母之命媒妁之言结为夫妇，却"二心不同"，近在咫尺，却如同天涯。他没有粗暴地写下一纸休书（要知道，那时的男人休妻，是男人的特权，是合法且被社会普遍接受的），列数她种种"罪状"，让她背着一身耻辱离开。而是情真意切写下，我与她，只是因为"二心不同，难归一意"，故想"各还本道"，各自放手，好给对方更好的人生。

　　这还没完，他还给了她最好的祝福，祝愿她"重梳婵鬓，美扫蛾眉，巧呈窈窕之姿"，恢复往日的光彩照人，嫁个比他更好的人。从此后，"一别两宽，各生欢喜"。

　　有专家解读，说这是那时普遍现象，这样一份"离婚协议"，不过是个范本，是拿来作为所有离婚者参考抄写的。——唉，专家的解读总是太煞风景。我还是以为，就是那样一个他，在与她心灵无法契合，万般无奈之下，选择放手。且在放手之际，不失男人风度，给了她最大的温柔和体贴。

　　有缘则聚，无缘则散，各有各的路好走，各有各的未来在等着。这份襟怀和气度，值得我们今人好好学习呢。

陪光阴
闲坐

九 日

　　一下午，也就画了一朵扶桑。

　　我用彩铅，一点一点给花瓣上色。看它在我手底下，慢慢儿的鲜妍起来，明丽起来，我的心，也跟着鲜妍和明丽了。

　　窗户映着新绿。鸟叫声婉转如新荷初生。我不时停下来，看一看窗外，侧耳听一听鸟鸣。一窗清响，分外明晰。

　　这是好时光。

　　只要你愿意，每一时，每一刻，都能成为好时光。

　　人生要一直那么匆忙着做什么呢？一路飞奔，来不及看景，来不及爱人。到头来，或许可以功成名就，可那些名头，到底是虚的。如同镜花水月，看着好看，却取不了暖，慰不了心。回过头来，所经之路，皆成模糊，找不到一点点幸福快乐的影子。这才真叫悲哀呢！

　　我不要那样，我要的是，握得着的真实。飞跑过一段路后，不妨停下来，歇一歇，问问自己的心，快不快乐。我爱大自然，爱艺术，也爱我自己。

　　真的，你不必那么忙。偶尔的走慢一点，读一首诗，听一首音乐，画一幅小画，陪光阴闲坐。没什么关系的，天不会掉下来，地球也一样在转着，而你，却可以遇见一个更好的你。

好时光

十日

　　我去看趵突泉。人说，到济南不看趵突泉，就不算到过济南了。我到济南了，当然得去趵突泉看看。虽说，近些年来，由于少雨，趵突泉已无多少泉水可看，然它的名头还摆在那里，——天下第一泉。这正如一个人，享有一定威望了，即便他老去了，那威望，仍会威震八方。

　　也就是个普通的园子，——倘若没有趵突泉在，它也只是万粒尘沙中的一粒，无甚奇特。然我进得园去，自觉的便缓了脚步，敛了声音。我知道，我脚下的每一寸土地，都深厚得不可估量。史书中有关它的记载，可追溯到商代，那时，称之为"泺"，因它是古泺水之源。"泺"这个字很有意思，你读着它，感觉上就有一汪水，在活活泼泼地跳跃着。水很快乐。水当然很快乐，它从地下一跃而起，分成三股，高达数尺，发出"噗嘟噗嘟"的欢唱。我以为，泺，才是趵突泉最体己的叫法！

　　我没有看到"泺"的跳跃，呈现在我眼前的，只是一潭碧水清幽幽。但我却似乎听到它"噗嘟噗嘟"的欢唱，从远古，一路唱过来。元代书法家、画家兼诗人赵孟頫，曾为它倾倒，写下了"泺水发源天下无，平地涌出白玉壶"的诗句来赞美它。后面的几句，我以为更有况味：

　　谷虚久恐元气泄，岁旱不愁东海枯。

　　云雾润蒸华不注，波涛声震大明湖。

　　时来泉上濯尘土，冰雪满怀情兴孤。

　　他是王室贵胄，一生历经元宋之变，或隐或仕，跌宕起伏，矛盾重重。不知他几番到得这泉上？清澈的泉水，洗濯了他蒙尘的心，让他多多少少，寻得了一丝安慰。园子里，树木浓密茂盛。我一一去认那些树木，木瓜、白玉兰、七叶树、槭树、三爪枫等等，品种极多，像是个小型植物园了。许是因泉水滋润，那些树木看上去，比别处的要青碧高大得多。

　　一片林子边上，有戏台子搭着。绿荫清凉，老人们在此休闲，吹拉弹唱，好不自在。台上一位老者在唱《林冲夜奔》，声音铿锵。我站在台下，听了一会儿。我想到"好时光"这个词。好时光是什么呢？是树在绿着。花在红着。水在流着。天在蓝着。风在吹着。人在快乐地唱着。

　　人生的好时光，必是这样的，如水波中的一朵小水花，一点一滴，汇聚成泉，成湖，成海，成洋。千秋万代。

他的善良

十 一 日

我注意那个孩子很久了，他等在一群孩子身后。一个人，落了单，像一只孤独的鸟。

这群孩子，把我包围了。他们叽叽喳喳，说着对我文字的喜爱。我一一给他们签名，拥抱，拍照留影。眼睛余光扫向那个孩子，他安静地站在那儿，等着。

孩子们的老师挺不好意思的，把热情的孩子们往教室里赶，说，梅子老师太累了，你们该让老师歇歇了。

这帮孩子终于散了。那孩子慢慢蹭上前来。老师忙拦着，问他，你怎么还没走？

他嗫嚅着说，我想请教梅子老师一个问题。

我站起来，笑着看他，我说，宝贝，你问吧，什么问题？

他一听我叫他"宝贝"，愣一愣，哭起来。他的哭，把我吓住了。我抱住他，我说，别哭宝贝，到底怎么了？

他抽抽噎噎起来，他说，梅子老师，你能不能也关注一下贫困山区的孩子，他们也想读书，他们也想听你的讲座。

这没头没脑的话，让我不知如何回答才好。我答应他，我会关注的。我也在关注着。我有时，也买我的书，寄到一些山区学校去的。

他松一口气，突然弯腰朝着我，鞠了一躬，说，谢谢梅子老师，谢谢您！

他走了。留下愣怔的我和他们的老师。老师说，这孩子，到底想说什么呢，他平时不大开口的。

我却懂了。这孩子，他有颗敏感善良的心。

我拜托他们老师调查一下这孩子的家庭背景。反馈很快到我这儿，这孩子失怙，家贫，生活异常节俭。

我给这孩子写了一封信。我说，宝贝，有时苦难的来临，由不得我们选择，我们且把它当作人生的磨炼吧，把苦难变成财富。谢谢你有颗金子般的心，谢谢你的善良。我向你保证，我会尽我所能，帮助一些需要帮助的人。也期望着，你能健康成长，变得强大，去实现你的愿望。

万万人中
遇见你

十二日

　　她叫桂荣，一个有些男性化的名字。

　　第一天，我们与她，在趵突泉边相遇了。本不过是普通的一面之交，济南的大街上，她是出租车司机，我们一行三人是乘客。这样的一面之交，每天都在发生着，之后，也都很自然地遗忘掉。陌生的，依旧是陌生，再无交集。

　　没想到，第二天，在大明湖畔，我们竟又再度相逢。在眼前无数辆飞奔而去的出租车中，我们随手招了她的。我们一上车，尚未坐稳，她那厢已欢喜地惊叫起来，呀，是你们啊，昨天就是我送的你们。笑声爽朗，阳光四处飞溅。

　　济南多大啊，据说拥有一万多辆出租车的。且这两天，她本休息在家，是临时代人出车的，便接连两次遇到我们。万万人中，两度相遇，这样的机缘，堪比中大奖。我们和她，瞬间成亲切，一路欢声笑语。到终点时，她不肯收我们的钱，彼此互留了联系方式，依依惜别。

　　十多分钟后，我们和她，又一次戏剧性地相逢。我们中的一人，把手机落她车后座上了。幸好之前互留了联系方式，一送一取，就变得轻便而简捷了。她见着我们，晃晃手里的手机，哈哈大笑，说，缘分啊。笑容明朗。

　　晚上，我们和济南书城的工作人员一起吃饭，聊起在济南和桂荣的

　　这段奇遇，中有一人忽然道，你们说的，是我舅母吧？我舅母待人可好
了，经常做好事的，在我们济南出租车司机中很有名的。

　　我们不信真有这样的巧事，遂报出了桂荣的名字。说话之人喜得双
掌合拍，说，是了，就是她了。立马拨个电话给桂荣，桂荣爽朗的笑声，
立即从电话那端传过来，似千朵万朵阳光开了花。她笑啊笑啊，说，多
巧啊多巧啊，我们前世一定是一家人。她邀请我们到她家去看看，说以
后咱们就当亲戚走动。

　　全桌举杯，为这万万人中的遇见。我虽滴酒不沾，这晚，却也似乎
有些醉了。

繁缕

十三日

　　草地里、小河边、树林中，如果你愿意低头去寻，总能邂逅到一些新的"客人"，如野豌豆，如卷耳，如蒲儿根。

　　这些"客人"是打哪儿来的呢？这真叫你惊奇。你想的是距离的遥远。从你的乡下，跑到这城里来，要蹚过好几条河，走过很多的路，有时甚至要翻山越岭。它们一经来做客，就全然没有要离开的意思，反客为主地住下来，扎扎实实过起小日子。

　　我五点钟出门，原是想等一场落日的。五月的天，满世界绿意招摇，风也有着新绿了，天光也有着新绿了。人的眸子里，便晃着一波一波的新绿，水样的荡漾着。

　　看到有新绿爬上人家的窗，我很是幻想了一下，觉得住在那一窗新绿后面的人，真是美好得不能再美好了。无端想起大诗人元好问的诗："枝间新绿一重重，小蕾深藏数点红。"这是写海棠的。那"数点红"红得实在妙啊！芳心暗许春光，却又不肯轻易说出。那一窗新绿掩映下，是不是也藏着一个海棠花一样的人呢？

　　不知不觉，我已走到一片杨树林中。我习惯性地低头寻宝。树下面的宝贝实在多，一根羽毛是，一片带着斑斓色彩的落叶是，一只蜗牛是，一只漂亮的甲壳虫是。当然，我最着迷的，还是那些小花小草。每一次，我都能碰到意外，——我确信我来过很多次，都没遇见。我确信，它们是新的居民。

今日，我在林子里，跟小蓟、野芹菜、苦苣菜、琉璃草这些"熟人"打过招呼后，我突然遇见一大片的繁缕。细弱纤柔的茎上，顶着星星点点的小白花，五瓣一抱。我"咦"一声叫出来。我们走散多年，不期而遇，我很开心。

它还是从前的样子，一点儿也没变。岁月能偷走人类的青春和欢颜，却无奈何一棵植物的，岁岁年年，它们都是一副欢喜水灵的模样，稳稳扎根于大地之上。天地恒久里，该有着植物的一份功劳。

在我的乡下，乡人们叫它"野墨菜"的。我以为是"野麦菜"更恰当，因它最喜欢在麦田里安家。麦子绿的时候，它也绿了。麦子开花的时候，它也开花了。麦子结穗的时候，它也结果了。不过，它的绿，比麦子的绿要浅淡得多，是极具温柔色的。又茎叶嫩，且脆，轻轻一碰就断了。家里养的猪啊羊的口福不浅，那些日子，埋头吃着野墨菜，吃得肚儿溜圆。它的种子，鸡和鸟都喜欢食。三月土地解冻，刚冒出来的繁缕，人亦能作菜蔬食，据说极清甜可口。我没食过，跃跃欲试。

繁缕也是功用极多的药草。它的花语是"恩惠"。非常贴切。它就是大地赐给这个尘世的礼物 。

花瓣书签

十四日

　　翻书，翻到一页，里面赫见一片花瓣，静静躺着。我一眼就认出，是虞美人。

　　花瓣虽丧失了鲜活，血色变紫，可模样完整，纹路清晰，依稀窥见它当年风采。

　　我对着它看，很惊奇，又很感慨。我是什么时候摘下它的？又是在何地？是在异乡的路边，还是在我的校园里？

　　我是一点儿也想不起来了。

　　毫无疑问，它是春天的。是最鲜活明丽的春天。那个春天，一定有蝴蝶拜访过它。有蜜蜂亲吻过它。有清风吹拂过它。有细雨点洒落在它的唇上。还有夜晚的星辰和月亮，偷窥过它的容颜。还有路过的我。

　　那时的我，留着短发吗？我有一段时期，把头发剪短了的。人见我，说，像个五四青年。

　　我又是以何种心态走近它的？我一定怀揣着一兜的阳光和欢喜，——看到花开，我总是很欢喜。

　　此时此刻，面对这一枚花瓣书签，引发我很多的遐想遐思。有关一个春天的。

　　人生的好多收藏看似并无意义，可是，当有一天你与它劈面相逢，你知道，它对于你来说，就是你曾灿烂过热爱过的一个明证。你为此，感动得几乎要落泪了。

生意做的
是人心

十 五 日

在合肥讲座。

当地朋友 H 说，梅子老师，我带你去吃一个特色小吃，保管你喜欢。

我跟着他，穿过很多的小巷，又走过一条热闹的街道，街道旁，全是吃食店，仿佛全世界的烟火都聚了来。以为他要在这里停下来，走进一间叫"美味轩"或"忘不了"的小店去，却没有。

我们继续走。五月的蔷薇，趴在一户人家的铁栅栏上笑。我走过去摘了一朵。他站着等我，说，快到了。

也就又拐进一条不起眼的小巷。搞得我不以为是去吃饭，倒像是去探访多年未曾见过的亲戚。那亲戚好静，在陋巷深处。

然后，听到他说，到了。我抬头，也不见有招牌，正暗自疑惑，他懂我意思，一笑，说，它没招牌的，但我们当地人，都称它"小巷人家"。要提前预订，才有座。

进去，里面清静，也无过多装饰，木桌木椅，尽着本色而已。

一个店，居然做了三十年。一个厨师，从小伙子时就跟着做，居然跟了三十年。再多的高价挖他走，他也不走。朋友感叹说，这老板精明呀，生意做的是人心。

拿手小吃就两样，一样是腊味糍粑，一样是臭鳜鱼。三十年里，都是那个味道，是属于"小巷人家"特有的味道。

老客要寻寻记忆，都来吃。外地客来，他们用这个招待，是最真的心。

臭鳜鱼我没吃，我吃不来。但腊味糍粑很合我的意，我几乎吃掉一半儿，我吃到一颗真心。

情殇

十六日

一女孩自杀，为情。

女孩曾在我所在的校园里读过书，我的同事熟悉她。他们跟我描绘，说，成绩不错，长得也很漂亮，多才多艺，唱歌很好听的。

可惜了。同事叹。

女孩已念大三。如果不出意外，她是要去国外读研的。她家里有这个经济能力，父母当她是掌上明珠。从小到大，倾力栽培。

她却给了父母致命的一击。她的母亲，昏过去好几次，被救活后，人变得呆呆傻傻的，嘴里不停念叨着她的小名。他的父亲，一夜间白了头。往日幸福融融的家庭，就这么掉进了冰窟窿里。这样的冰窟窿，暗且深，那厚厚的冰，得经多少岁月，才能融化？她的父母，怕是此生都难以泅渡了。

她为之殉情的那一个，也许会有短暂的内疚。也许内疚也不曾有，而是从牙缝里挤出两个嫌恶的字：活该。他既弃她，辜负了她，又有何怜惜可言？她的死，对他，只是吃饭时，不小心掉在衣服上一滴难看的油渍罢了。换掉这件衣服，他还是光鲜的一个，娶妻，生子，过大把丰盈鲜美的日子。

真想从地底下把这个傻姑娘给拽出来，给她一巴掌，让她清醒一些。生命中最大的爱，最大的情，应该是爱自己，爱家人啊！又你的生命，原不是你一个人的，它也是你的亲人的，你怎么可以私自处理它？

　　亲爱的姑娘，人生没有迈不过去的坎。当实在迈不过去了，你还可以绕道而行。世界多大啊，一个人不爱你了，有什么要紧？那一个人，相对于这个世界来说，只是浩渺中微小的一粒。为了那微小的一粒，你抛弃掉整个世界，真是替你不值得。

宁静的
味道

十 七 日

天上的月亮亮晶晶的，又像朵白莲花，开在天上。

我便又有些贪了，在一条林荫道上，来来回回走。月光铺在上面，很厚很软，我的脚底下，似乎装上了弹簧。

环境影响心情，心情也反照着环境的。我和月亮，两两相望，各生欢喜。

草木清香。

时有虫鸣，喁喁低唱。我很想知道，它们的曲子里，有没有一首是关于今晚的月亮的。一些蛙早就憋不住了，它们不等真正的夏天来临，也不等雨季来临，它们守住一片水域，敲起了战鼓，呱呱呱，呱呱呱，试要跟谁比天下。它们想跟谁比天下呢？

我说，你闻，月亮是有味道的。

那人便夸张地嗅一嗅鼻子，笑道，是，我也闻到了。

这味道像什么呢？我们辨别着。是花的么？是草的么？是叶子的么？是河水的么？空气是那么清冽。风吹着清凉。河里有船，忙碌穿梭，驮着一船灯火。有好一刻，我们挨在一起，站在暗夜里，微笑，不说话。却有芬芳的气息，环绕在我们周围。

我突然明白过来，那味道，当属于宁静的。

宁静，也是有味道的。恰如一树合欢花开，不张不扬，恰到好处。

文学好比菩提花

十 八 日

没事我爱翻翻《金蔷薇》。那感觉像是在某个颇为闲适的夜晚，随手一敲门，就进了一家茶社，灯光温柔，有老友坐在桌旁等着。我坐下，听他闲闲地说些话。一个晚上，我都很少打断他的话，只那么微笑着听。唉，他的话，真是说到我心坎里去了。

我有点爱上了那个叫康·巴乌斯托夫斯基的人。我和他刚好错过一个时代，他走了，我来了。这有点可惜。我很想制造一点偶遇和邂逅，跟他。

比方说，在莫斯科的郊外（我能跑那么远去么？——为了见一见他，我想，也许能吧）。我低头假装打量一丛草，那丛草叫"猪秧秧"。他也熟悉。我当然要以此为契机的。我爱大自然。我知道他也爱。他曾立志要编一本"自然界的"词汇的辞典来，关于"森林的""田野的""草原的"，关于季节的、气象的、水和河流湖泊的，以及动植物的。——这一点共同的爱好，足以引领我们成为知己。尽管，也许，他长得不帅，他年纪有点大。

我们会就猪秧秧聊开去，聊到种子、花朵、果实，聊到清晨、露珠、草木弥漫的气息，聊到树木的神奇、动物的灵性，聊到我们人，也不过是万千动植物中的一个。我们都是大自然的孩子。

"在这以前，我从没想过自然界所发生的一切都有其目的，从没想到过每一片小树叶，每一朵小花，每条根须和种子都是那样复杂而完整的。"他说。

我会补充道："一切的目的，都是为了更接近完美。一棵小草，从它还是个种子时，它就立下了宏愿，我要开花，我要结果。最后，它做到了。它成就了它自己。"

当然，聊植物绝不是我们的目的，我们的话题会延伸到他说的那棵"普通的菩提"上去，这种花的浓烈的香气，只有隔了一段距离，才能清晰地闻到。走近了，反倒觉察不出来。

他说，真正的文学，和菩提花一样。常常需要一个时间距离，来检验和评价文学的力量和它的完美的程度，来领会它的气息和永不凋零的美。

这些话有点深奥了，但我还是极喜欢他把文学比作菩提花。文学是美的，自然的，芬芳的，在距离外经久着。

我爱文学。我爱大自然。

天天开

十 九 日

又识得一种花，它叫"天天开"。

我一听这名就乐了。它的热情可真是饱满啊，每一天每一天都不间断，简直有些霸道。

花有红有白，还有粉色的。花朵挺大的，是常见的五瓣儿，呈扇状，彻底张开，毫无保留地捧出里面的一颗"心"。那颗"心"，像个句号。又像颗圆溜溜的大眼睛。每瓣花在接近花蕊处，都有蝶状图纹。红花，配了白色图纹。白花和粉花，则配了红色图纹，或黄色图纹。本是寻常姿色，因它懂色彩搭配，便添了雅致和妩媚了。它真是聪明。

我是在一家公司门口遇见它的。那家公司很注重大门口的景观，门口有石有池子，还有绕池而建的大花坛，花坛里种有不少花。一个老员工正把一小拖车这样的花，一株一株栽到花坛里。

我站边上看了会儿，问，什么花？

老员工头也没抬，答，天天开。

天天开？我高兴得很，重复着这名字，问，它果真天天开？

老员工答，果真。它很能长的，能长很高很高，花朵开不尽的。

是么？我欣喜于这种花的旺盛生命力。又傻看半天，直到老员工把花全部栽好。这一小角天地，将是它的了。而路过之人，都将因它，在倦怠的眸子里，抹上几抹鲜艳的色彩，或红，或白，或粉。

　　回家，我翻阅资料，得知它学名叫"长春花"。在全球分布极广，拥有众多昵称，什么金盏草、四时春、日日新、雁头红、三万花等等。我还是极喜欢它叫"天天开"，是一个无忧无虑的小姑娘，天天都是欢欢喜喜的。

小满

二十日

　　小满的天，风好大，吹得天上的云，慌不择路地跑，跑得气喘吁吁的。

　　我等着云端里落下它们的汗珠来。这会儿，定有某地在落雨吧。谁说那些雨，不是它们淌下的汗呢？

　　隐约听到有布谷鸟叫，布谷布谷——，一声声，滑过城市边缘。恍然一惊，哦，乡下的麦子快黄了。

　　也是，节气已转到小满了，豆粒开始饱满，麦穗开始深沉。人家厨房门口的晚饭花，迈着细细的脚步，在傍晚的风里，引颈眺望。该望来麦粒金黄了呢！

　　我实在，有点喜欢"小满"这叫法。它是好人家的小女儿，朴实，勤劳，心善，从不贪求太多，一切顺其自然。她长大，嫁得一忠厚老实人，有自己的小院子，养鸡养羊，房前种花，房后种菜。两个娃相继出生，一男娃，一女娃。或者，两个都是男娃。或者，两个都是女娃。她一样爱若珍宝。她不娇艳，也不粗糙，扎扎实实的，过着属于她的小日子。家有余粮，手有余钱，孩子健康，夫妻和睦，虽不大富大贵，但也不卑微贫贱。

　　这样的女子，她不慢怠岁月，岁月自然也不会慢怠她，她会活成慈眉善目，活成儿孙绕膝。

　　我的内心，其实一直向往着这样的小满：住着小院，房前种花，房后种菜，有娃两个，有狗一只，猫一只，不与世事相争，平安喜悦。

开始看《虚无的十字架》，东野圭吾的。这样的书，不太对我的胃口，也只偶尔看看。

朗读骆宾王的《代李敬业传檄天下文》，直如石锤凿山，刀刀火光迸射。传闻也极有意思，说武则天读此檄文，初还是嘻嘻哈哈，全不在乎的，但当她读到"一抔之土未干，六尺之孤何托"之句时，我们的女皇帝惊得在龙座上坐直了身子，连连惊问是谁写的。得知是骆宾王，她惋惜地叹道："有如此之才，而使之沦落不偶，宰相之过也！"从这传说，可见得骆宾王这篇檄文的力量，是多么的不等闲。武则天的气量和胸怀，却更值得人敬佩。她爱惜人才之心，比金子更珍贵。

草绿色的风

二十一日

每日抄诗。

今日抄的是波斯人鲁米的《完美的一天》：

当一天

风是完美的

帆只需要开启，世界充满美感

今天正是这样的

一天

抄这样的诗，我的嘴角是上扬的，心情是愉悦的。遇见美妙的句子，就像遇见美妙的音符一样，总能一下子击中心扉，让我沉溺了又沉溺，缠绵了又缠绵。

什么样的风是完美的呢？或许是春日柳枝头上，跳跃着的一捧；或许是夏日星空下，拂着的几缕；或许是秋日晴空里，飘着的一抹；或许是冬日暖阳下，吹着的一丝。——你当它是完美的，它便是完美的。

我的窗外，此刻，正吹着草绿色的风，清凉，舒适。天上几朵活泼的云，撒开脚丫奔跑着。一只白猫，跃过楼前的花坛，钻到一排黄芽树中去了。两个清扫工，倚着一棵栾树，笑谈着什么。一孩子骑着童车，远远而来，后面跟着他的祖母。两个清扫工显然是认识那孩子的，她们一齐高声招呼……

　　一切都是恰到好处的，因这草绿色的风。

　　人的一生中，总能邂逅到这样的风，它拂过我们的灵魂，又从我们的灵魂深处，流淌出来，让一个世界，在瞬间充满美感。

天黑了，
我们回家吧

二十二日

黄昏时，看光影渐渐没下去，夜的黑，渐渐浮上来，如涨潮般的。这是极有意思的一件事。

这个时候的天空和大地，很是神奇。你眼见着那天边的云，越积越厚，越积越厚，堆积成一座座"岛屿"。有"小舟"荡荡悠悠划过去，那应该是私跑出来的云变的吧？黑的影，像头巨兽，悄悄移过来，你似乎都听到它喘息的声音了，却没有一点惧怕。是，这是只性情温顺的兽，它胸怀宽广，包容万物，无论你是欢笑的、雀跃的，还是恸哭的、疼痛的，它都一一接纳。在它的怀抱里，众生终于平等了，且变得心平气和了。

它轻轻吻了吻远处的树木、人家，那些树木、人家就慢慢地，醉卧在它的温柔乡里，成了连绵起伏的"山峦"。溪水在暗里头唱着歌。花朵在暗里头舒服地叹着气。小猫在暗里头捉起迷藏。一切都温柔了。风是。空气是。人也是。

黛青色轻轻漫上来，温柔地抱住了你。黛青色，这真是一种好色彩，没有任何的进攻性，像一块温暖的棉布。真喜欢啊，你也变得温柔了，一切的不快，都可以原谅。

耳边忽然听得一句：天黑了，我们回家吧。

那会儿，你认为，这世上再没有一句话，抵得过这句话的温暖和动人了。是啊，天黑了，我们回家吧。

不管浪迹天涯多久，总有个家在等着，这是大幸运和大幸福。

给幸福
一个奖赏

二十三日

　　天空真是晴朗得可以。不说阳光，说说天上的云。那些慵懒且任性的小家伙，随意一扬手，一摆腿，都动人魂魄。我看到它们的小身子，像蛇一样的，在天上扭啊扭啊。又好似谁家养兔子的栅栏忘了关了，一只一只的小兔子，蹦了出来。

　　一个下午，我就浪费在看云上了，浪费得心甘情愿心满意足。这还没完，我还拿笔，在纸上画下了一朵又一朵云。我画得很不像。可是谁能说它们不是另一些云呢，也许在我不留意的时候，它们会跑到天上去。

　　晚上散步时，看到的云，又是另一番样子了。它们变得老成持重起来，如山峰般的，稳稳坐着，凝眸沉思。我看得笑起来，它们端着的样子，多像一些少年老成的孩子啊。等不及长大，一心想进入成人的世界去，模仿着，故作深沉着。可那稚气的眉眼，分明泄露了他们的秘密。

　　月亮像只白气球，时隐时现的，飘在那些山峰间。而一两颗星子，则是镶嵌在山峰上的红宝石。

　　浓阴匝地。月光和云的影子，像些小银鱼，在那些阴影的缝隙里，活泼游弋。天地间，又是说不出的好。我怔怔发呆，忽然对身边的那人，没头没脑说一句，我们要幸福啊！

　　是的，要幸福啊！今生无所大志，也不贪求，只愿随着天地欢喜，愉悦从容。

　　路边的一年蓬，在月光下妍妍。我弯腰采了一大捧，算是给今天幸福的一个奖赏。

金鸡菊

二 十 四 日

　　有些花的名字，叫人费思量。比如这金鸡菊。我曾误以为它是茼蒿开的花。一样的黄艳艳的，一样的花瓣有着齿痕。它与菊是近亲关系，与金鸡却是一点儿也沾不上边的。

　　想来给它取这名字的人，当时路过，应该怀抱一只金鸡来着。俯身而下，花映其影，他脱口而出，金鸡菊啊。人与花相遇，也浪漫。——当然，这只是我的臆测。大约是没有这样的事。

　　它的故土很远，在南美洲。不过，对于风来说，这段距离，实在算不得什么。它可以让任何一颗种子，在天涯海角任何一处落脚生根，只要种子愿意。我猜想着，我眼前的这些金鸡菊，有没有跟着风漂洋过海而来的呢？

　　金鸡菊好长。五月，当世界的颜色，渐趋于统一，成为清一色的绿色的时候，它们开始疯长起来。一块地，之前走过那里，也只是一块普通的地，贴着地皮，趴着些软塌塌的绿。可从什么时候起，那些绿，都直立起来，花苞儿一朵一朵，圆鼓鼓的，像鱼眼珠子。风也不过轻抚了两下，它们就哗啦啦开了。那真的是哗啦啦，一大片绿化带，全是它们的，顶着黄艳艳的花冠，四处奔跑欢跳。

　　我掐一束带回。掐它时，没有丝毫的不安。它们太多了，太汹涌了，掐上一捧两捧，根本看不出来。又层出不穷着，管城市绿化的人，嫌它们长得过密，也会派人拔去一些。

这之后，有一两个月的时间，我书桌上的一只蓝玻璃瓶里，都将有一束金鸡菊，笑逐颜开欢歌载舞着。

我和谁都不争

二十五日

满屏都在刷一条信息：杨绛走了。

有真心的，有跟风的，也有凑热闹的。

不知道真正读过杨绛的又有多少人？而真正读懂她的，又能有几人？

人评价：她是最贤的妻，最才的女。

这评价，我想，她肯定不乐意接受。这世上，贤与才，都是永无止境的事。哪有之最呢！她只不过一生都在修炼，做着更好的自己。

对她印象深刻的，是她所译的蓝德之诗《我和谁都不争》：

我和谁都不争，

和谁争我都不屑；

我爱大自然，

其次是艺术；

我双手烤着生命之火取暖；

火萎了，

我也准备走了。

这首诗是对她这一生的写照，她不折不扣的，做到了。

她在《一百岁感言》里写道：

保持知足常乐的心态才是淬炼心智，净化心灵的最佳途径。一切快乐的享受都属于精神，这种快乐把忍受变为享受，是精神对于物质的胜利，这便是人生哲学。

　　她活得真实又自我。她让我羡慕。我祝她一路走好。

　　我洗净手，恭恭敬敬，再抄一遍她译的《我和谁都不争》。我愿以此，时时观照内心，做个自律自省的人。

月儿明，风儿清

二十六日

夜幕刚一降临，我就开始换衣换鞋。衣是宽松的运动衣，鞋是轻便的平底鞋，我要出门散步去。

一天中最好的时光，我以为，当数夜晚。白天再多的喧闹、尖削、起伏、动荡，夜晚都一一收纳，并抹平所有波纹。鸟也安静了，偶尔发出一两声呓语，如露珠般的滚圆且甜蜜，更显得夜的宁静。虫子么，它们负责唱着催眠曲：月儿明，风儿清，树叶儿照窗棂，——这么唱着唱着，慢慢的，一切都睡着了。

夜就很辽阔起来深邃起来窈窕起来。

我想到"纯粹"这个词。夜是最纯粹的，纯粹的静，纯粹的无邪，纯粹的香，或是清澈。

川端康成在《美丽与哀愁》中，写到女主音子与男主大木年雄纠葛一生的爱恨情仇，哀愁最后落在无辜的景子和太一郎身上，看了叫人压抑。我记住了其中写夜晚的一个场景，"茅草屋顶的左边天空中，浮着半个月亮，白白的"。着墨不多，却透着无尽的哀愁。

夜晚的哀愁，也是纯粹的。这个时候的内心有多大，夜晚就有多大。

我这么不着边际地浮想着，我已走过很多棵树，走过好几块草地。草地上一年蓬开得旺旺的，比天上的星星要密。夜风吹着凉。天上的月亮，像粒煮熟的汤圆。我又觉得时光好得很了。

合欢
蠲忿

二十七日

　　我读李渔的《闲情偶寄》，读到他写植物的部分，常有要与他争论一番的冲动。

　　比如他写辛夷，完全是一副嫌恶之态，嫌恶得很没道理：

　　辛夷又叫"木笔""望春花"，一种花有好几个名字，又没有特别新奇可取之处，名不符实的花，辛夷就是其一。只有花园极大，所有的花卉都齐备了才能种植，不然的话就得为它遮丑了。

　　李渔说得并不全面，它何止只有"木笔""望春花"之名，"木兰"也是它，我们今人普遍称"紫玉兰"的，也是它。一花多名，可见人们对之垂爱有加，怎么反倒成了它的"罪过"？名不符实又从何说起？初春，寒气未消，只有它率先迎春。花初发时，状如笔头，故北人亲切呼之"木笔"或是"望春花"。李时珍曰："夷者荑也，其苞初生如荑而味辛也。故它有名辛夷。"

　　称它"兰花"，也极妥帖。花开时，一朵一朵俏立枝上，像着紫衣的一群佳人，衣袂翩然，有幽幽清香，远播开来，歌舞升平得很哪。又像栖着一窝一窝的紫鸽子，振翅欲飞。是春天最初的样子，昂昂然，欢天喜地。"绣罢春衫出阁迟，辛夷花下立多时"，美人因了那一树的辛夷花相衬，美成经典。

　　李渔却对合欢有偏爱，除了认为合欢"无地不宜种之"之外，他还说，"凡见此花者，无不解愠成欢，破涕为笑。"这有点夸张了，但持这种观点的，并非只他独家。早在曹魏时的嵇康，就在他的《养生论》中写道："合欢蠲忿，萱草忘忧，愚智所共知也"。

因李渔偏爱了合欢，我原谅了他对辛夷的不敬。我也是近年来才识得合欢，一见就喜欢上。小城多有种植了，打进入五月，它就开始积蓄着开花，花慢慢开，慢慢开，总能开到八九月。有年十月末了，我在校园里还看到它在开花，令我惊奇又欢喜得不得了。

树下掉着薄薄一层合欢。我喜欢捡一些，握在掌心里。它的花，根本分辨不出花瓣来，是一丝一丝的小绒线，合成一把小绒扇，粉嘟嘟的，软乎乎的，很清香。那香，说不上来，清淡得如一缕白月光。人在那香里，是要敛了戾气，多了温柔意的。

我在纸上画合欢。这是要有很大耐心的，一个晚上，我也才画一半儿。我用彩铅细细地描，一丝一丝，轻轻上色。它真可以当女人的粉扑用，又像件小女孩穿的百褶裙。

清心 自在

二 十 八 日

实在不能不注意到那只鸟。

我在室内，被一阵阵鸟叫声牵住。怎么形容呢？像谁在吹口哨，一会儿急促，一会儿舒缓。又像两只鸟在兴奋地聊天，这个话音还未落呢，那个已抢过话头去，啾唧啾唧地说起来，迫不及待想告诉对方什么好玩的事，似孩童般欢天喜地。

我追过去看。原来是一只鸟，立在隔壁人家的屋顶上。西边的阳光打过来，它的身影，成可爱的剪影，像一棵草。它独自待在那里，欢乐不已，自说自话。可它分明不是自说自话，它在说给风听，说给阳光听，说给屋旁的一棵银杏听。那些嫩绿的银杏叶子，每一片，都镶着金边。

我实在被它的快乐感染了。我傻乎乎望着它，天地之大，无一处不是它的乐园。小花小草，清风朗日，无一个不是它的朋友。清心自在，原是这等模样。

读简媜的《大水》和《丽花》。看《大水》时，想到人性。在灾难面前，人多么渺小，又多么强大，虽九曲回肠，但最后，什么难都能抗过去的。因为，有爱在。《丽花》写的是个童养媳。有悲伤。结局倒很温暖，傻人有傻福吧。

下午的天空很膨松。云、空气都是蓬松的。

提着篮子去采野花。采得数枝一年蓬。还采了两枝野葵。又捡得合欢花数枚。在一丛打碗花旁边坐了小半天，看一只蚂蚁，慢慢爬进它的花蕊里。

我会认真过好每一天

二十九日

在一个学校做报告，报告会结束后，一个宝贝突然问了我这样一个问题：梅子老师，你想没想过，你还能活多久？

大太阳下，我被他的这个问题问愣住了。我的心尖上有什么轻轻掠过，微疼。我还能活多久呢？也许明天。也许后天。也许还有十年八年，二十年三十年。生命中充满那么多的不定数，能够平安地走到终老，该是多大的福分和恩赐啊。

我对那个宝贝说，宝贝，我也不知道我还能活多久。但，我会认真过好每一天，让每个日子都看见欢喜，不辜负这个世界，不辜负生命中每一场相遇。那么，无论命运的下一站将降临什么，我都将坦然接受。

是的，很多时候，我们无法把握命运。也许短暂，也许长久。我们要做的，就是让活着的每一分每一秒，都如花开，丰盈而喜悦。

下雨。喜。

我的植物们又可以饱餐一顿天水了。

五月的忙碌，终于要过去了。我的日子，慢下来。我花大半天时间，画一幅小画。让小花朵在我手底下，一点一点盛开。我也出门去，问候绿树繁花。路边新冒出许多我叫不上名字的花。

我也在有风的阳台上，看书。某人回家，客厅找不着我，书房找不着我。原来，我待在阳台呢。他叫，你好惬意！

当然。我不开电脑。也关了手机。我只关心眼前的一花一草，还有，今天中午咱们吃什么。

断舍离

三十日

新结识一个词：断舍离。

这个词有隐士味道。冰天雪地里，长袍加身，面庞冷峻。寂静，空荡，唯有风萧萧而过。

又有刀刃之光，如剑。

是决绝斩断一切的，爱恨情仇都不要了，得失名利都不计了。不要，不计，是那种果断的，快刀斩乱麻式的，连回头一惜一顾也没有的。

不留一丝余地，断绝！舍弃！离开！

比青灯伴古佛更接近虚空。

查看词的出处，它来自于日本杂物管理咨询师山下英子的一本书《断舍离》。这是山下英子推出的生活新理念：断，是指不买、不收取不需要的东西；舍，是指处理掉堆放在家里没用的东西；离，是指舍弃对物质的迷恋，让自己处于宽敞舒适，自由自在的空间。

生活中的杂物太多，绊住了我们的脚步我们的心，让我们受其所累，不得自由。于是乎，我们必得要挥刀斩剑，清空环境，才能过上清爽简洁的生活。

这样的生活理念，貌似很清爽，但我以为，显得有些清汤寡水了。人不为物所牵所累，关键不在物多物少，而在心。心若洁净，何处有负累？并非要清空，让自己空荡起来，才叫简洁清爽。

　　婆母是个惜物之人。老人家每回来我家，总带着好几个大袋子，她是捡捡拾拾来了。我扔掉一些用旧的，或是我认为没用的东西，往往我前脚才扔，她后脚就给我偷偷捡回来。有一次，去她家，进了她的西厢房，我真是大开眼界了，从前的手推小车竟然还在。据她讲，她的四个孩子，都是在这手推车上长大的。从前家里的粮草，也都是靠这手推车，一车轮一车轮给推出来的。我在那些旧物中，发现被我丢弃的发夹，被我扔掉的手套和围巾，还有一个小手袋。看着那些物件，突然间，有泪涌上来。那是我的岁月啊。我记得发夹是那人买给我的，我戴着它，度过多少清晨和黄昏啊。我记得手袋是我在云南旅游时买的，买它时，我是充满深情的，是要一心一意相待的。我悄悄把那手袋和发夹，捡起来，放到我随身携带的包里面。它们对我的生活已无用处，可是，却维系着一段岁月。它们让我在回望的时候，有感动，有温暖。

　　我亦常带些没用的东西回家，比如，水边的小石头；几枚秋天的落叶；海滩上的贝壳。看到有趣的物件，如果不当太大价钱，我会买下。买回，也多半是闲搁着。可是，在我看见的时候，有喜悦跃上心头。人生有一点恋，有一点贪，也才有一点点属于自己私密的喜悦。它们与我的生活或许无用，却是滋养我心灵的碧壤。

　　我做不到断舍离，对物，对人，都是如此。

夏蕊浓焚 百和香

三十一日

五月末的日子，多雨。

我愁乡下的麦子怎么收。爸跟我通电话，声音里也是无奈，却没有过多焦灼。在乡下摸爬滚打一辈子，他早已波澜不惊了。

风吹着倒了一大片了。爸形容给我听。他说的是麦子。

也不指望着以它糊口。尽管心疼，但到底还是接受着，这雨，也就这么下着，下着。爸沉默了一会儿，突然开心地说，家里养的蚕，都"上山"了。

我跟着高兴。

失之东隅，收之桑榆。你要相信，天不绝人的。

我在乡下种的花，开了一大片了。

哎呀，红的，白的，黄的，太多了，引来不晓得多少的蝴蝶，爸告诉我。

好看吧，好看吧？我一迭声相问。想象着每日早起，他和我妈打开大门，见到一地的红花白花黄花相迎，柔软会像藤蔓一样，爬过他们苍老的心的吧？

真好，有花陪着他们。

石榴花是沾雨即开。

在雨下得疲倦的时候，我出门，去看石榴花。

也不用走多远，就会遇到一棵一棵的石榴树。小区里也有，零星的几棵树。几朵红在绿波浪中躲躲藏藏，调皮得叫人心动。

　　我更喜欢那成片的。它们站在一块，商量着开花。有聚会的意思。我喜欢这样的聚会，素质高雅，情投意合。

　　不好形容那花。白居易说，"春芽细炷千灯焰，夏蕊浓焚百和香。"我可惜着他把"千灯焰"付给了春芽。一树的石榴花都开好的时候，才真的像是有着千盏灯有着千朵火焰的。

　　我看看这朵，看看那朵，哪朵不是柔情蜜意，不是情倾一生？从前看电影《牛郎织女》，对一个镜头印象深刻，牛郎采摘一朵石榴花，插在织女的鬓发上。

　　我想，为了这一朵石榴花，织女也是愿意下凡的吧。

　　端午也就快到了。

　　早些天，我就在网上拍了些粽子。

　　然后是焦急地等。想象着那味道，糯，香，甜。麻雀们在门前的桃树上跳跳蹦蹦。苇叶在奶奶的手上，飞快地旋转。锅里的水，就要烧开了。一个彤红的夕阳，笑眯眯地望着我们。真高兴啊，有粽子可吃了。

　　那是从前的光阴。

　　等来的粽子，却不似从前的口味。

　　从前，终究是回不去的了。

起伏的人生，跌宕的情怀。

别离和欢聚，恩爱和情仇。

到最后，都化成烟水两茫茫了。

六月
June

草 木 染

我在一条小径上，来回走着，一会儿看看天，一会儿看看地，直到把自己也走成草木染的一个。

出走大半生，归来仍是少年

一日

儿童节。天放晴了，阳光四处飞泻。

那人给我买一盆多肉，一盆茉莉，一盆金鱼草，当作过节礼物。又决定一起去看一场电影，看部儿童剧。

小时不曾过过儿童节，也不知这世上，还有一个专门为儿童而设的节日。现在倒奢侈起来了，每到这天，必隆重庆祝，言笑，我们是不老的孩童。

听一个78岁的阿姨唱歌。阿姨头上银丝闪闪，像戴着一顶用银线钩织的帽子，眉眼却清澈如少女。她甫一开口，惊艳四座，一曲《贝加尔湖》，被她唱得荡气回肠。你闭着眼睛听，根本听不出那是个78岁的阿姨唱的，那嗓音的年轻与高亢，完完全全抹去了岁月的痕迹。

阿姨说，我从不觉得我是七十多岁了，我还年轻嘛，我每天都唱歌，我每天都活得很快乐。

阿姨说，我有个梦想呢，我的梦想，是将来有一天，能开个我个人的演唱会。

阿姨说的是"将来"，她的样子，很认真。像小时我们起誓，等我长大了，我要穿红裙子，我要留长头发，我要坐轮船，到远方去。

我听着笑，笑出了泪。

我只愿等我78岁时，也能如她一样，眉眼清澈天真，声音年轻，还拥有梦想。出走大半生，归来仍是少年，——这心态，十分十分的慷慨。

草木染

二 日

　　六月的天空，是草木染的天空，湖蓝的、淡紫的、土黄的、玫红的、靛青的……每一块云彩扯下来，都可以直接裁成衣裙。

　　天地最地道的色彩，当是草木的。树叶，野草，花朵，果实，藤蔓……哪一样，都有着饱满的颜色。天地有大美。

　　只是，是谁第一个知晓，用这草木之色，来装扮自己？或许是他在果腹之余，无意中发现，沾在手臂上的果实的汁液叶子的汁液花朵的汁液，是那么鲜丽，他关于美的意识，觉醒了，或者说，萌芽了。于是，他把那些汁液到处乱涂，在他穿的兽皮上涂涂，在他的脸上脚上涂涂，在他握着的尖尖的石头上涂涂，这是最初的原始的美。于是乎，整个部落的人跟着效仿。然后，慢慢地，从一个部落，到另一个部落，以至到整个人类，拥有了颜色。

　　从此，人类把草木之色披在身上，才有了"有一美人，被服纤罗"。才有了衣带飘飘，灿若云霞。才有了朴素、淡雅、华丽、绚烂和尊贵。才有了美。

　　我独自徜徉在这草木染的天空下，还原着《诗经》年代的场景：

　　终朝采绿，不盈一匊。予发曲局，薄言归沐。

　　终朝采蓝，不盈一襜。五日为期，六日不詹。

　　天也高着，地也阔着，着绿衫或白衫的女子，提篮采绿，采蓝。她要用这些鲜亮的草色，染了衣裳，打扮得漂漂亮亮迎他归。可是，他什么时候归来呢？她沮丧得很，无心无绪地采啊采啊。草木染的情意，谁人能懂！

又或是这样的场景：

东门之墠，茹藘在阪。其室则迩，其人甚远。

东门之外，茂密的茜草一路铺下斜坡去，年轻的姑娘可没心思采了，她两眼痴痴望着那个人住的房子，近在咫尺，却似隔着万水千山。她走不近他，多苦恼！她特意穿着一身茜草染成的红衣裳，那么明艳夺目啊，他也看不到。

草木染的相思啊！

恍惚，我也成了《诗经》中的一个了。

又何止是绿？何止是蓝？何止是茹藘？这时节，随便扯下一把叶子，或一把野草，都可以浆染衣裳的吧。

几只鸟，在绿树丛中跳跃，它们的羽毛，也像是草木染的了。我在一条小径上，来回走着，一会儿看看天，一会儿看看地，直到把自己也走成草木染的一个。

六月花

三日

　　风大。天空的色彩，被吹得淡了，由深蓝，至浅蓝，至淡蓝，继而，又成浅浅的沙滩色。白云朵跟着风跑起来，像一群养得肥圆肥圆的小狗，迈着肥肥的短腿，拥着挤着，显得又笨拙又活泼。

　　我和那人散步去，在黄昏。小城的六月花也是多的，一年蓬，金丝桃，石榴，月季，绣球花，夹竹桃，数不尽。

　　凌霄花最多。几乎每座桥头，都趴着一丛了。橘色的花朵垂挂在桥栏上，临水而照，很有几分自恋的意思。路过一小区，小区外的栅栏上，也都牵着绕着凌霄花。又路过一小公园，里面有长长的花廊，上面登高望远着的，也是一丛丛凌霄花。李渔说凌霄："藤花之可敬者，莫若凌霄。然望之如天际真人，卒急不能招致，是可敬亦可恨也。欲得此花，必先蓄奇石古木以待，不则无所依附而不生，生亦不大。"又："欲有此花，非入深山不可。"他这说的是凌霄的不可亲近。倘使李渔能活到今天，不知他对凌霄又做何感想？大概可敬没了，可恨也没了，倒添一份可亲的。

　　当然可亲。从前的刚烈与高傲，都化作绕指柔了。它俯身尘埃，一径跌落下来，呈最可爱的凡尘貌。我俯身摘取一朵，斜插鬓上。

　　一年蓬成片地长。它们进城来了，从前的野性，似乎收敛了不少，显得有些矜持起来。我笃定它们撑不了多久，就要原形毕露的，然后，撒开脚丫四处游荡。我会在河边看到它们，会在草丛里看到它们，会在某一棵树的下面，看到它们。

又见多了又大又艳的蜀葵，它们一个挨一个，云鬟艳艳，在路边的绿化带中。层层叠叠的绿做了背景，高高低低的美人儿，脸庞儿真大。

红的绣球花，亦是成片地开，那大大的花球，似乎要滚动起来了。我站在边上看，我想象着它们滚向我的样子，我高兴得很。

六月啊，绿是那么的绿，红是那么的红，都是情深义重的。

我的理想生活

四日

风继续吹着。吹得天上的云，一丝一丝扯开，像淌了一天空的蛋清。

我回老家，看望爸妈。家里的麦子收了。蚕茧卖了。门口的格桑花和波斯菊都开好了。小蝴蝶在跳舞，小鸟在歌唱，我的爸妈脸上荡着笑容。

屋后的竹林，更显茂密，竹子都快把厨房给淹没了。两只小黄猫，躲在一棵竹子后看我，我蹲下来唤它们，它们犹豫着，要不要来。最后，还是一转身，快速地溜了。

我打量着我的老家，梦想着有一天，我会搬回来住。我将在屋前屋后，全种上花。我还要长各种花树，桂花是一定要长的。蜡梅是一定要长的。再长几树樱花和紫玉兰吧，海棠可以栽上一排。木槿就围着屋子四周栽，做天然的围墙。我还要长桃树、梨树、杏树、枇杷树，开花时我赏花，结果时，我吃一只，鸟吃一只。

我还要开辟一个小菜园，在屋角。种点青菜和韭，种点葱和蒜，再种点芫荽。瓜果的架子，可搭在临近路旁的小沟边，专门长丝瓜和扁豆。这两种菜蔬实在美妙，是可以当作风景来赏的，一个开黄花，一个开紫花，牵牵绕绕，自有一段风流。

我还要开一条甬道，一直通到屋后的河边。甬道上，铺鹅卵石。一天天，那缝隙里，会冒出绿绿的草，或是茸茸的苔花。这样最好了。甬道旁，让蒲公英和小野菊们来安家。河边的柳树下，放几张石椅，天气晴好的时候，我就坐在那儿看看书，看看花，看看水，看看鱼，听听鸟叫。

　　或许有人来看我，或许没有。有人来看我，我就领他去看我种的花，我长的树，我种的蔬菜瓜果。采两把花送他，摘点果子他尝。临了，在河边石凳上坐坐，听他说说外面的事情。也只微笑着听，不大插话。外面世界的追逐纷争，与我毫无关系了。——倘没人来看我，也不关紧，我也很忙呢，那么多的花草要照料，要欣赏。

　　我很老了。是的，是个老太太了。但我希望，我的眼神还如少女一般清澈明亮。还能为一朵花开而惊喜欢呼，还能为风吹皱一河的水，而心驰神往。我养一只小猫，叫"小欢"。养一只小狗，叫"小喜"。村子里有热闹的时候，我带着我的小欢和小喜，也去凑热闹。村子里的小孩看见我这个老太太，都会欢喜地扑过来。因为，我家有个大花园，是他们的乐园。因为，他们玩的东西，我都会玩，且比他们玩得还要好。他们没听过的故事，我都会讲，惹得他们追着我，请求道，奶奶，再讲一个故事，再讲一个故事好不好。

　　对了，我还会在河边柳树下，教他们念念唐诗宋词，念着念着，我睡着了。他们好听的童音，像鸟的歌声一般清澈，飘落在我的梦里面。

人间
第一香

五 日

　　早起，一朵茉莉开了。昨晚看时，它尚在含苞。我确信，它是夜里，悄悄开的。

　　茉莉香。只那么细小的一朵，就可以香彻整个房间。"一卉能熏一室香"，古人说得一点也不夸张。

　　又白。是那种凝脂似的白。跟栀子的白很接近，却比栀子要秀气透明许多。它是含娇带羞的好女儿。

　　卖此花给我的，是个姑娘。她从小的梦想是开家花店，一路的兜兜转转，她实现了。她给自己的花店取名：春暖花开。她的日子里，便日日春天。她把此花捧给我时，像托付了一个孩子给我，满面含笑说，老师你要好好养哦，它很好长呢，年年开花。又说，茉莉花泡茶喝很香的，开时，你摘下，放茶碗里。

　　我不舍得喝了它。我要它自开自落，善始善终。我可以一整天，在那香里面做事，或是发呆。这样的时光，每一寸，都是馈赠。

　　宋代有个叫江奎则的文人，一生流传下来的诗文甚少，名不经传。却因两句写茉莉的诗，不时被人挖掘起。他写下的是这样的两句：

　　他年我若修花史，列作人间第一香。

　　细究里面的词句，并无一点绮丽和奇特，它类似于明志，或是盟誓，却在一瞬间唤起他人的认同感，每个字都变得又纯洁又铿锵。我想象着，他该是个瘦长个子的青年，有一双小鹿般温润的眼睛，他站在一棵茉莉跟前，被那细白的小花，摄了魂魄。香，真香哪！他深深呼吸，啜着那一口一口香，在心里替它不服来着，明明是这么的香啊，怎么在花里面排不到第一位呢！不行，不行，等我将来重修花史，定把第一的宝座留给它。

李渔闲话茉莉，比较好玩："茉莉一花，单为助妆而设，其天生以媚妇人者乎？"——他认为，此花的存在，就是为了取悦女人的。并找出证据证明，"是花蒂皆无孔，此独有孔。有孔者，非此不能受簪，天生以为立脚之地也"，说别的花都没有孔，而茉莉有，此孔专门为女人插簪子用的。

我半信半疑，把我家那朵茉莉，仔细打量了又打量，就差一瓣一瓣扯下来，也没发现有孔。再说，这么细小的一朵花，纵使有孔，怕是簪子也难以插进去的吧。是李渔所见茉莉与我所见不同？又或是他所见只是个例？不得而知了。但古时女人鬓发上爱簪茉莉倒是不假，"谁家浴罢临妆女，爱把闲花插满头"，这插的，是茉莉；"情味于人最浓处，梦回犹觉鬓边香"，这插的，是茉莉；"银床梦醒香何处，只在钗横鬓发边"，这插的，还是茉莉。

世间一切，
皆各有各的情义

六 日

一入夏，鸟们是不大睡得着的了。凌晨三四点，就在我的窗外叫，叫得欢快极了。一个叫，百个应。真个有百鸟同庆的意思。它们庆什么呢？我想，它们该是歌唱这夏天，歌唱这丰盛的好日子。绿树成墙、成屋、成帐、成榻，虫子和瓜果，多得吃不掉，它们想吃啥就吃啥，想什么时候吃就什么时候吃。对于鸟们来说，这是大幸福了。

想起听来的一笑话。一乡下朋友，种十来亩地西瓜。西瓜眼见着成熟了，丰收了，可喜鹊们却毫不客气的，先来品尝。朋友很气恼，丢石子掷打，持了长竹竿驱逐。等他一转身，一大群喜鹊来了，它们在这只西瓜上啄一口，又到那只西瓜上啄一口。满田看过去，都是喜鹊，根本赶不走。

原来，喜鹊记仇呢。我不过尝你两口西瓜，你就对我又打又杀，好，那我索性吃个够！——我喜鹊也不是好欺负的。

再遇到喜鹊啄瓜，朋友学聪明了，只轻轻在旁边哄上两句，你吃上两口就走呀，不要糟蹋了满田的瓜呀。喜鹊点点头，看看朋友，心说，这才对了，我们本该和平共处有瓜共享的嘛。它们没有再糟蹋瓜，真的只啄上几口，尝一尝好滋味，也就飞走了。

万物有灵。

所以，我信世间一切，皆各有各的情义。

高考日

七日

又是高考日。

全民皆出动，人人谈高考，草木皆兵。好怪异！

雨后，天晴。天空好看，云一丝一丝荡出来。天是浅浅的蓝。风清凉。楼下的树，嫩绿得能伸手摘了吃。

读书，写作，画画，侍弄花草。在家的日子，我的生活总是如此规律。我很享受这样的规律。下午出门。石榴花开得热气腾腾。夹竹桃则沸反盈天了。凌霄花有些含娇带羞起来，这倒让我意外。不知是不是因天光浅淡的缘故。

水果摊上，遇到一种瓜，白皮，光滑圆溜，里面的果肉，呈淡淡的绿色。凑近了闻，有香甜气。它有个活色生香的名字，叫"玉菇"。是好人家的姑娘，细皮嫩肉着，又文静又纯洁。因这名字的动听，我买了几只。想起从前奶奶种的瓜，它有个直白的名字，叫"香瓜"。奶奶走后，我好多年不吃香瓜了。

天边的晚霞，铺陈着，是上好的金丝绒布。风也是好的。绿也是好的。月亮出来了，像一条小银鱼，从云端里，一跃而起。那跃起的动作，真是动人。

几个女人从我身边走过，她们不看天，她们在聊高考：

"看我儿子进考场，我可紧张死了，紧张得差点晕过去。好不容易等他出来了，我偷偷看他，他脸上什么表情也没有，真是急死人。你们说，他这是考得好呢，还是考得不好呢？"

　　"我家那个小祖宗也是，出了考场，什么话也不说，直接上了车回家，到家吃完饭就把自己关房里了。我哪敢问他考得怎样啊，我不敢问啊。"

　　"我也是啊，在家里根本不敢跟丫头提高考的事。真是要老命哎，我走路都踮着脚头啊，生怕惹她不高兴，影响了明天的考试情绪。"

花事沸沸

八日

家里的花事沸沸起来。两盆玫瑰，一直搁在后窗台上，风雨自去照拂它们，它们长得非常好，花骨朵冒出那么多。今早去看，一朵已悄然开放，红得娇艳。

绣球花真是个好姑娘，它持久的热情，源源不断，浓烈得让我都觉得受之有愧了。因为，我实在没有为它做什么，除了偶尔喂点水之外。

喇叭花都垂挂下来，像条花帘子。它开了好些日子了，还在开。

茉莉花一朵一朵，轻轻放着香。

吊兰的花，也在前赴后继着。别小看了那些小不点儿，生命的明媚与奔放，不让须眉。它们是花中的小蚂蚁。

对了，我还意外发现，死去的一盆文竹，竟在根部，爆出了新芽。尽管那新芽儿，不过米粒大小，但我确信，我很快会得到一盆新绿的。

与花草为伍，我觉得我的每一天，都没有白活。

端午
小记

九 日

　　端午，那人在所里值班，我一个人过。

　　也没有插艾。也没有挂蒲。也没有裹粽子。我搬回一盆多肉，算是对节日的庆祝。

　　天是阴的，很想穿上长裙，去那蒲草茂密处，或去看风吹麦浪。最后的麦子，还守望在地里。真正的夏天，站在端午的肩头。

　　一过端午，夏天就很夏天了吧?

　　大家都买苋菜和咸鸭蛋回家，据说这天要吃"五红"的。我的乡下没这风俗，只知端午是要吃粽子的。也在门上插艾挂蒲，——这是孩子们乐意做的事。自从我们长大后，插艾挂蒲的风俗，也渐渐淡了。吃不吃粽子，也无关紧要了。

　　一朋友祝我端午安康。我回她，端午快乐。她立即认真纠正我，端午不说快乐的。我"咪"一声，笑了。

　　我自然懂她的意思。这个节日被说成是纪念屈原的嘛，然这仅是后人的附会罢了。粽子原是"角黍"，以"菰叶裹粘米"，形似牛角，是古代农耕社会的祭祀之物。经历朝历代演变，端午早已成为民间一个快乐的节日了，除了吃粽子，这天，多处有赛龙舟的表演。

　　读屈原的《少司命》。植物气息满满扑过来。植物与神的关系向来密切，植物是神，神也是植物。读它，满纸淌着兰香、荷香，这些植物专为美人而生。

五柳先生

十日

　　陶渊明的《五柳先生传》，我读了不下千遍了吧。早会背了，我还是喜欢把它捧出来，读，读出声音来。不过百字短文，只是述说平常，却静水流深，气象滂沱。骨气在，情义在，练达在，洒脱在，悲悯在，风物在。

　　我手抄过很多回。今又抄之，用了一支上好的钢笔：

　　先生不知何许人也，亦不详其姓字，宅边有五柳树，因以为号焉。闲静少言，不慕荣利。好读书，不求甚解；每有会意，便欣然忘食。性嗜酒，家贫不能常得。亲旧知其如此，或置酒而招之；造饮辄尽，期在必醉。既醉而退，曾不吝情去留。环堵萧然，不蔽风日；短褐穿结，箪瓢屡空，晏如也。常著文章自娱，颇示己志。忘怀得失，以此自终。

　　我抄写的时候，我感觉到五柳先生，又或是陶渊明先生（事实上，他们已合二为一了）正斜睨着一双醉眼，笑眯眯看着我，似在问，懂耶？

　　我不敢说我懂。我想，先生也不在意别人的懂与不懂。他懂他自己，就够了。"闲静少言，不慕荣利"，——先生的这八个字，得用一辈子来读。

　　我很想拜访先生宅旁的五棵柳。它们在那里生长很久了吧？春天，那垂挂的枝条率先柔软起来，爬满鹅黄的芽苞苞，如烟似雾。盛夏，有蝉鸣其间，日夜不休。秋天，它们的叶，会慢慢变成金黄。冬天，它们会被白

　　雪雕镂成玉树琼枝。那是柳的四季，也是先生的四季。先生手执一卷，在其下徜徉，读到正好处，他想喝酒了。

　　酒却不常有，这是先生唯一的憾事。却有三两亲朋旧友，时常眷顾，打酒招待，让他过过酒瘾。这苦寒之中送达的温暖，好！它照见人世的悲悯心。

幸福
时光

十一日

　　这是我的幸福时光，每晚去散步的时候。

　　两个人的时候最好。一个人的时候也很好，我可以一路看天，看地。自由，自在，不紧不慢。

　　我要赞美天气。天气依然是那种凉爽的、宜人的、恬淡的，随便伸手拂上一拂，指尖上都能沾上绿的清凉。

　　满眼的青枝摇绿，绿树，绿草，绿的藤蔓，绿的天空，绿的流水。

　　合欢始开，初见世面的样子。只是尚未完全放开手脚，所以，开得含蓄，开得羞涩，试探着，把好颜色一点一点涂抹上去。不急，人家一点也不急。我却看呆了，多美的一树树花啊！尤其是在暮霭时分，那一丝一丝的绯红，尤显突出，温柔得能掐得出水来。

　　月亮，——对了，这个时候的月亮，是个被宠坏的小公主，它有着弯弯的眉毛，弯弯的眼睛。水灵灵的。它跟云朵捉着迷藏，一会儿隐在云朵里，一会儿又露出一双弯弯的秀眉来。我走啊走啊，直走到路上一个人也没有了，只剩下我和月亮。

彩云追月

十二日

早上下了一场雨。这场雨下得不紧不慢，针脚匀称，可以用"清秀"来形容了。

午后，雨停。树木变得清秀，花朵变得清秀，楼下走着的人，变得清秀。这时候，眼里所见的，没了强硬和尖锐，只有柔软和柔嫩。

雨水洗过的天空，也清秀也干净。蓝，是一汪情深的蓝。白，是一汪情深的白。也不知那些云朵是从什么地方跑出来的，它们一团团，靠在一起，如刚出生的小羊，"咩咩咩"发出嗲嗲的声音。真想去抱一只来养。

晚上，月亮出来，月牙儿变成花瓣了。最像白荷。我几乎清晰地看到，它那质地醇厚的花瓣。云被染了色彩了，像彩色的羽毛，从四面八方飘过来。它们托着月亮，奔跑着，奔跑着。我想到一个词：彩云追月。真是形象！

从前有歌叫《彩云追月》的，我依稀记得首句是："站在白沙滩，翘首遥望情思绵绵。"我在记忆里搜寻它的旋律，慢慢哼唱，最后，竟能哼得八九不离十了。

这个夜晚，我就一路哼着这首歌。星星只有一两颗，在我的头顶上，在云朵隆起的山峰上散着步。我不敢肯定，这样的夜空，是不是我见过的最美的夜空。我知道的是，我真真切切的，为它迷醉了。

自然有本心

十三日

五点多就醒了，再无睡意。

倚床上看书，看完汪曾祺的《大淖记事》。

汪先生的手里，真是一支好笔，纵有大悲大喜，都化于无形。让你看过之后，发愣。回头再看，还是要发一回愣。悲欢离合，都是日常，不动声色。要什么歇斯底里呢！

书看完，七点。我打理了一下花草，看看阳光从东边几棵栾树的后面，爬上来。早晨的时间，是闪着露珠光芒的。我浪费掉太多。

跟他回他的老家。路过黄海森林公园，自然要停一停，在那阔大的杉树林子里走一走。没有什么事非做不可，没有什么人非见面不行，这个时候，灵魂便彻底自由了。就那么走着，像一只野蜂一般走着，像一只蜗牛一般走着。

牛在林子里。牛是最忠厚老实的。它的身下，有那么多绿绿的青草和缤纷的野花。牛也没显出骄傲自得来，它神态安详，一边吃草，一边沉思默想。白鹭骑在它的头上，四顾怡然。不知它们的语言是否相通，不知它们有没有说过悄悄话。

其实，很多时候语言是多余的东西。就像一只蝴蝶和一朵花。就像树木和清风。就像天空和大地。

我在林子里，走了很久，默默念了张九龄的诗句"草木有本心"，还有常建的"茅亭宿花影"。自然有本心呢！

头顶上杉树的绿，当得起"晶莹"二字了。

荷花、栀子及其他

十 四 日

之一，一早去中医院体检。这一次，去得早，人不是很多，很快体检完了。大问题没有，小问题不少。我表示庆幸。做 B 超的女医生，看一眼我的体检单，问一声，你是……？我懂她的意思，点点头。她高兴了，说她小孩在读我的书。我问，孩子喜欢读吗？她说，当然喜欢了，一本书都读三遍了。当我得知她的小孩才 11 岁时，我表示很快乐。

之二，去植物园，看荷花，看栀子花。如愿见到。荷在一方池塘里，有撑着一张粉脸，引颈远眺的；有羞涩地趴在荷叶下，偷偷张望的；还有正含苞，鼓着小嘴，犹豫着，要不要打开心扉的。

一老人坐在荷花池前的长椅上，听凭身边两个女子的摆布，一会儿把手搁在椅背上，一会儿把手放在膝上，脸上做出笑的表情。她们，在替他拍照。我猜，她们或许是他的女儿，或许是他的儿媳妇。老人是幸福的。

栀子大多数还是花苞苞。这花特别招虫子。那种小小的黑黑的，如蚂蚁一般的小虫子，它们在栀子花的花朵里，挤挤攘攘。我不介意。它的香，我闻得，虫子们自然也闻得。我摘几朵，掸去那些小虫子，放进我随身携带的小花篮里。

之三，写了点文字。或许是小说，或许是散文，或许是随笔。文体的界定，有时很难。干吗要分得那么清呢！河水、江水与海水，都是水。

只要它是饱满的，只要它是真诚的，也便是好的。

　　之四，傍晚六点半的天空，还大亮着，满世界是汪汪的新绿。我在路边一棵枇杷树下停留，上面挂着些金黄的小果子。或许因为小，人都不屑，也无人采摘。又因这样的树多，鸟也吃不下了。那果子便挂着，累累的。我采了些吃，好甜。又采了两枝粉色的石榴花。石榴花开粉色的，我第一次见，有点像杜鹃花。

　　蜀葵的脸庞真大。每回见，我每回都要惊讶。

桃花渡

十 五 日

听《桃花渡》。

陈悦演奏的。陈悦擅长箫和笛。

她赋予箫和笛以魔力。听她吹，容易上瘾。每一个音符，从她的嘴底下飞出来，都是迷人的小妖精。何况，曲子的名字还这么美！曲子的旋律还这么美！

第一次听，是在苏州。一个书香气氛浓郁的酒店。我在一楼的餐厅吃早饭，餐厅里人声喁喁，窗玻璃上映着竹和凌霄花，背景音乐若有似无飘着。陈悦的箫声突然响起来，我举箸的手，停在半空中。当时不知曲名，只觉得曲子极美。艳美。

我跟着曲子走出去。春天的原野，花红花白，柳丝纷飞。青衫时光，追风的少年，如水的眸子。唇红齿白的少女，在花树间穿行，发丝上系着一缕清风。老屋的屋顶上，泊着白月光，一只黑色的猫，蹲在那里。蓝印花布在空中飘。山涧小溪，流水淙淙，荡着落花的影子。着白衫的背影，淹没于万朵桃花深处。渡口边，一个挥手，就成永远。江清月白，杳然无踪。

一首好的曲子，就是一部戏剧。就是一部电影。就是一本小说。起伏的人生，跌宕的情怀。别离和欢聚。恩爱和情仇。到最后，都化成烟水两茫茫了。

搜寻得知，曲名叫《桃花渡》。我又被这曲名沦陷了一回。美，美得忧伤。渡口取名"桃花渡"，或许真有桃花，或许未必有，但一定有一个关于桃花的故事在。是桃花纷飞的季节，渡口相送，山长水阔。从此，刻骨的相思，在骨头里日夜炸响。人生不怕离别，怕的是离别之后，再无相见之日。

曾在一古街老巷里转悠，遇见一双织布的手，跟苍老的榆树皮似的。年老的阿婆，在光线半明半暗的厅堂里，织着布。天井里，一树桃花，开得灼灼。我起初以为那是景点特设的表演，站旁边笑笑看半天。也有游人举相机，对着她照。她不抬头，只埋首织着她的布，一双手，迟缓凝滞，不大跟得上织机的节奏了。跟她说话，她亦不应，只埋首织着她的布。

隔壁卖银饰的店主，忽然递过话来，道，她听不见的，她聋了好些年了。

吃一惊，看她。她却无知无觉的，只管织着她的布。

曾经，她拥有过青葱般的手指，拥有过桃花般的爱情。却因不得已的原因，她与她的桃花爱情，被一水永隔了。她终身孤单，以织布打发时光。

外人平淡冷静的叙述，对于她，却隐伏着一个怎样千回万转的人生啊！悲伤如何？欢乐又如何？她已不在意这些了。她只伴着她的织机，把时光活成时光的样子。

明代画家沈贞写过一首《桃花渡》：

渡头浑似曲江滨，谁种桃花隔世尘。

红雨绿波三月暮，暖风黄鸟数声春。

舟横落日非无主，树隔层霞不见人。

几欲前源访仙迹，迷茫何处问通津。

这样的渡口，有树有花，有鸟雀含着春天，一路鸣唱着，飞过烟雨绿波。可是，却那么叫人心伤。舟横落日，不见人。

一生中不求其他，能够终身厮守，哪怕没有诗和花，也是好的。

寻找自己

十六日

前日采回的栀子，绽放了好几朵。香得叫人头晕，如烈酒。

又有天人菊、波斯菊，也在瓶子里好好开着。

我写作。窗外的鸟叫声清灵清脆。站窗台边，稍一低头，便能望见楼下高高低低的绿，绿得可爱，也轻灵。合欢花如浮霞一般。

天是浅蓝的，素净的。飘着的云也是浅浅的，素净的。温度不高不低。这样的天，真叫人感激。

看了本沈石溪的书。他写动物，独树一帜。他的话给我很多启发，他说：文坛是百花园，假如你也种玫瑰，我也种玫瑰，百花园变成了一花园；虽然玫瑰很名贵，却会因为重复而变得单调乏味。人家种玫瑰，我种矢车菊，虽然矢车菊没有玫瑰娇艳芬芳，却会因品种新而受到人们的青睐。在文学的小路上拥挤，重要的是寻找自己。

寻找自己是难的。多少人在俗世的奔波中，丢了自己而不自知。我很庆幸，我没有。

我爱俗世，愿浸染其中，悲喜交加。但我又有着清醒，护着一颗初心，不让它染上过多杂尘。就这样吧，慢慢走着，慢慢爱着，慢慢写着属于自己的文字。

绿荫幽草
胜花时

十七日

　　初夏。花渐渐隐退，绿开始蔓延。站楼上俯瞰，近处，远处，高高低低的，都是绿。

　　树顶，披着绿。树下面，铺着绿。每一只鸟的啁啾里，也都是绿。绿荫幽草胜花时，果然。

　　最喜那绿影斑驳，如水波潋滟。人从那头走过来，像大大小小的游鱼。活泼的稚童，是那小金鱼；步履缓缓的老人，则像那沉稳的鲤。我会在那绿荫道上来来回回走，我想象我是一条什么样的鱼呢？是一条彩鱼，还是一条白鳞？

　　我和那人去散步。我们停在枇杷树下吃果子，和鸟一起。鸟吃鸟的，我们吃我们的。新植的枇杷树上，挂着那么多金黄的小果子，甜着呢。我们吃了很多。

　　遇到李子树，我们又停下来采李子吃。李子太多了，晶莹的紫色的小果子，在枝枝叶叶间闪亮，地上掉落一层。我们吃得牙发酸。他说，我们仿佛回到《诗经》年代了。我笑了。是啊，野有蔓草，露珠晶莹。又食野之苹，可以边走边吃。

　　又遇到桃和梨。桃还青着，梨还青着，小小的一粒粒。尚不能吃。看着，也是叫人高兴的。路边现在遍植这样的果树，春天可以赏花，夏天可以吃果，一举两得。

我们像骑着一只彩色的大鸟

十 八 日

　　下午三点半，我和那人在浦东机场，顺利登机，往乌鲁木齐去。

　　心里窃喜着，又选到临窗的位置了，——方便我看云的。

　　天有九重，古人是这么认为的。"月落三株树，日映九重天"，我喜欢这两句诗，气势磅礴。

　　然天又何止是九重？九重上面还有九重，一重叠着一重，不知叠了几万重去了。那一垛垛云，一堆堆云，颇似一幢幢建筑，雪白的，巍峨壮观。又累累的，似翻滚的麦浪，广袤的沙滩。又起伏绵延，似云岭千万重。那深深处，定有人烟的吧？倘若我们一不小心撞进去了，定会遇到房舍鸡鸣，伸手轻扣门扉，定会有人应声而出。我说我讨一杯茶喝。那笑脸上，立即会有白云朵逸出，笑一声，好的，好的。

　　遇见了落日。跟我，不过隔了几垛云的距离，它浑圆得叫我目瞪口呆。如果我的手，伸出舷窗去，稍稍往前够一够，就能摸到它吧。那么近！

　　它太炫目了，我不能直视它。我一会儿睁开眼，一会儿闭上眼，我感受到它在融化。它真的融化了，冰淇淋般的，一滴橘红，一滴浅紫，一滴玫粉，一滴青蓝，一滴姜黄……奶香四溢。

　　天空被换上了艳装。白云朵五彩斑斓起来。飞机的机翼，也五彩斑斓起来。我们像骑着一只彩色的大鸟，飞向更斑斓里去。

途中

十 九 日

去了火焰山。

去了库木塔格沙漠。

两个地方，都热得超乎寻常。火焰山地表温度达摄氏 70 度。库木塔格沙漠在晚上六七点的时候，太阳还酷烈得能把人晒化了。沙山不高，沙子滚烫，每爬一步，都气喘得厉害。游人的兴致不减，在沙堆上高呼高叫，女人们的红裙子和红丝巾特别艳丽。

一路上的景致，也毫不逊色。

看云。

新疆是盛产云的。每座山头上，都"豢养"着一些，跟养牛养羊似的。

白白胖胖的云跑出来了，是些温顺的"绵羊"。活泼好动的云跑出来了，该是些"小马驹"吧。稳重沉静的云走过来了，是些"骆驼"。还有灵动可爱的"小狐狸"和"小松鼠"。

也有液态的云，如奔腾的小溪一般的。如飞流直下的瀑布一般的。如呼啸的海浪一般的，卷起千堆雪。

又层峦连绵起伏，那是云的岭，云的谷，云的山峰与丘陵。

直到眼睛看饱了，看倦了。闭上眼，不知睡了多久，睁眼一看，又是满山谷的云，满山头的云，映着车窗。

山却是光秃着的，不见一点绿色。从乌鲁木齐到鄯善，沿途有一段戈壁滩，寸草不生。却意外遇见了瓜果摊，摆在路边，上面垒着西瓜和甜瓜。一车人如同在沙漠里看见绿洲，兴奋地跑下车去。卖瓜女人端着一脸笑来迎。当地人，皮肤晒得黑里透红。她的瓜都是按公斤卖，一公斤一块五。大家直呼，真便宜。人人都买了一两只提在手上。

好奇问她，这里这么荒，哪来的瓜？

她眨巴着眼睛，半天才弄明白我们的意思，伸手一指光秃秃的山，说，山里面，山里面有，山里面还长葡萄。

哦。后来的途中，我一直想着那山里面，一定住着一个桃花源的。

口音
错不了的

二 十 日

在鄯善的小街上走，我想象着传说中的古楼兰，一度辉煌，而后消失殆尽。致它命的是战争、瘟疫，抑或风沙。谁能说得清呢！

晚上九点多了，天光还大亮着的。突然的，下起雨，狂且急。

雨在这个地方是"贵客"，轻易不肯来。空中的尘埃浮游太多，被雨粒打湿，如被火烫着了一般，冒起烟来。我和那人跑到一家小超市门前躲雨，闲闲地说着话。

店主突然走出来，搬了凳子请我们坐，又看着我们笑，说，我们是老乡哎。

惊喜。听口音，真是一模一样的。忙打听哪里人。说是海安人。海安跟东台是近邻，方言和风俗习惯都相同。

他笑了，说，我一听你们两个说话，就知道是家里人，口音错不了的。

他一句"家里人"，听得我们心里热乎乎的。我们热络地聊起来。

他说来鄯善几十年了，在这里安了家，儿子、孙子也都在这里。说话间，那个两三岁在地上玩耍的小孙子，忽抬头，天真无邪地冲我们笑起来。

刚来时，他们也不习惯这里的生活，然时间久了，渐渐喜欢上了。这里的夏天虽然白天热得很，但到了晚上，很凉爽，都不用空调的，也看不到一只苍蝇和蚊子。

他这一说，我倒留意看了看，街上人家的房子，真的少见到装空调的。只是不大下雨，他眼睛贪恋地看着雨，说，一年里，难得见到几回的。

我们便一齐看雨。

常回老家吗？我问。

老家也没什么人了，我们也就不大回了，现在住在这里挺好，一家人在一起。他笑着答。

我点点头。在地上玩耍的小娃娃，突然咿呀呀说了什么，他俯身过去，抱起他。

博斯腾湖
的落日

二 十 一 日

夏至的天，我在博斯腾湖。

见过不少的湖，无非是一些大大小小的水，或蓝，或青，或绿。传说故事也大抵相同，是情人的眼泪幻化而成之类的。——对这些，我已兴趣不大。

我来博斯腾湖，是为等一场落日的。

晚上八九点的时候，我安静地坐在湖边软黄的沙子上。湖对岸的山脉，安静得像水粉画。天上的云，汹涌着，泛着湖水色。太阳像朵镂金雕银的花，被湖水色的云托举着。

忽然间，这朵镂金雕银的花急骤地变化着，像京剧脸谱般的，迅速间，才一张是白的，后一张脸成了浅黄的，再深黄，再浅红，再深红，最后，定型，一张上了油彩的大红脸。

它的服装——那些云朵，也随之变幻着，色彩炫目。最后，半边天都被染红了。红红的火舌喷吐下来，一直伸到湖里面。整个的湖，跟着被点燃。也没人去扑这场"大火"。谁能扑下它来呢！

女人们尖叫起来，她们赤足在烧得通红的湖水里，拼命挥舞着手。男人们趴在沙滩上，长镜头换到短镜头，忙不过来了，眼泪都忙下来了。美。大美！他们只能这么说。

这一场燃烧，足足持续了半个小时之久，才慢慢熄灭。紧接着，东边天，一个硕大的月亮，像是从沙滩里长出来的。很快，长高了，长到了半空中。

银辉漫洒。一个世界，都是通体透亮的。

巴音布鲁克
草原的花

二 十 二 日

今日的行程长，有七八个小时在路上。

却不觉得难耐，窗外有大把大把的景致，什么时候看过去，都是好看的。天空，云朵，山峦，都是一派的天真。

遇到一片葵花地。我和葵花合了影。

停在一个小镇吃饭。遇到一对中年夫妇，女人是陕西人，男人是四川人，来新疆二十多年了。每年冬天，他们都要回老家去。

想家呢，女人说。男人也说，是想家呢。

他们配合默契，男人在厨房里炒菜，女人负责端菜摆桌子招呼客人。两个人极有夫妻相，脸上的笑容如出一辙。

他们是在这块土地上相识的，后来结了婚，又回到这块土地上。

我喜欢这样的姻缘，走着走着，就遇到了。我在心里祝福他们，幸福美满，长长久久。

饭毕，在街上遛两圈。遇见水果摊，走过去买了些杏。青青的小果子，洗净了就可以吃，甜得很。摊主让我当场洗了两个吃，水冰凉透心。他说，这是雪水，山上融化的雪水。

雪山确实多，他们的屋后头，就养着一座。

　　第一次见到新疆馕。惊奇，居然有脸盆子那么大！新出锅的，老远就闻见香。问及怎么做的。那边毫不保留，说，里面加了牛奶和孜然粉的。于是，我们人人手里一只馕。

　　去巴音布鲁克草原。

　　草原太大了，坐了观景车进去，还要开上一两个小时。在天鹅湖边停一停，吹吹风，看看湖，看看天鹅。又赶到山顶观景台，等着看九个落日。大都河流经这里，狠狠任性了一把，把身子扭成九曲十八弯。落日时分，壮观非常，河里会现出九个太阳。然天不架势，阴恻恻的，落日自然等不到了，人冻得够呛。有人跺脚埋怨，有人表示气恼，认为白来了。我笑笑，不觉得这一趟是辜负，因为，我看到了草原上那么多的花。

　　认识了一种高原之花，叫"高山紫苑"。它从石缝里，探出三两枝来，紫色的花瓣，均匀密布着，托举着一个欢实的酱黄的花蕊，美得有些邪乎。

　　我盯着它看了小半天。几千里的奔波，我只是来看花的。

雪莲谷里的牧羊人

二十三日

　　独库公路沿线的景致，堪称绝美。从巴音布鲁克草原往那拉提去，我们一直走在独库公路上。沿途是雪山、草原、峡谷和河流，野花们纷纷攘攘，数不清的白，数不清的粉，数不清的黄和紫，开滥了！不时晃过洁白的蒙古包，和哈萨克人的毡房。有人骑马上山，载着物资。有人赶着一群黑的羊白的羊，往青草更深处漫去。草翻滚如浪，牧人和他的羊，像舟。

　　疯了！一定是疯了！满山满坡的绿，绿透了。白云朵似乎是养在山头上的小兔子，或小白狐，它们活泼好动，在山顶上狂奔，眼看着就要奔到一个峡谷下面去，却在悬崖边突然收住了脚。

　　我们途中不时停下来，是实实在在舍不得挪步了。我们欢呼着，拍野花，拍雪山，拍深谷，哪一个望上去，都美得惊人。

　　那拉提草原安静地躺在海拔两千多米的高山之上，草肥水美，植被繁茂。巩乃斯河宛如一条银白的小蛇，蜿蜒于其上。喀班巴依主峰上的白雪，终年不化。我们包了辆越野车，去往深山之上的雪莲谷。光听这名字，就够诱人，谷如雪莲盛开，抑或是谷中就多雪莲。真实的情形也确实如此，其山顶雪峰酷似雪莲，又有雪莲花常年在此盛开，故得此名。

　　草原上的花和草，繁茂得不像样子了。雪白的毡房，点缀其上。雪峰就在前头，看上去只有百十步之遥，事实上，得在山谷间穿行很久，才能抵达。

　　雪山脚下，铺着厚厚的积雪。有清流湍湍而下。坡上全是繁茂的青草和野花。在这里，做一只羊，当是件幸福事。

　　刚好一群羊来，它们像是从草里面长出来的。它们迎着我冲过来，眼看就要撞上我了，我正不知所措着，它们却突然来了个大拐弯，绕过我，径直往山上跑去。我替它们冷。它们冷吗？哦，有草在青着，有花在开着，哪里冷！

　　牧羊人骑在高高的马背上，从山坡上下来。他冲我招招手，嗨，你好！我们都笑了。他从我身边过去。我目送着他和他的羊，跑进青草更深处。天地如此的干净。真干净。

　　牧羊人和他的羊，拐过一个山头去了，我这才觉得冷。对面山谷边的半山坡上，立着毡房一顶，我跑过去，想取会儿暖。毡房的主人是个哈萨克汉子，说不上年龄，或许三十多，或许四十多。长期的风吹日晒，他们早已模糊了年龄。脸上的笑容，却纯净得要命。他操着半生不熟的普通话，笑着说，羊肉串十块钱一根。

　　他在毡房门口，摆了个烤羊肉串的摊子。一头宰好的羊，挂在毡房门口。客来，他直接伸手去上面切下一块，串上钢签，放到火上。在旅游旺季，他一天要烤掉三四只整羊。

　　我说，呀，你收入很可观啊。

　　他笑了，说，买羊，买羊。

　　我琢磨半天，始才回味过来，他是说攒了钱，好买羊。对他们而言，羊才是生活的全部意义和幸福所在。就像庄稼之于农民。

　　晚上他就住在山上。临着雪山，空气潮湿，被子都是湿的。外人看过去，多么富有诗意的栖居，其实背后，隐藏着无数艰辛。

　　不冷吗？问他。

　　他憨憨笑道，习惯了，不冷。

　　聊到他们哈萨克人，他告诉我，亲戚家有个孩子，考到南京去念大学。但那孩子就是不习惯那里的生活，吵着要回家。结果，回来啦。他笑得哈哈哈的。

　　我们这里空气好，羊肉好吃。他说。脸上的笑，像炭火上跳动的小火星。

国王的夏牧场

二十四日

"喀拉峻"在哈萨克语中，是辽阔茂密的意思。茂密，当然指的是牧草。

这里的牧草，大多是优质的禾本科、豆科、菊科植物，特别利于牲畜长膘。又它夏季气候凉爽，少蚊蝇，舒适度极高，是世界上少有的第一流天然草场。哈萨克人对这片草原还有"汗加伊寮"的说法，说它是国王的夏牧场。

我们坐上景区的循环中巴车，往草原深深处去。中巴车在弯曲如肠的山路上，忽上忽下，忽左忽右。美丽的喀拉峻在窗外纷呈，坡谷，盆地，山峦，从眼前快速闪过，哪一个望上去，都是素锦华年的好模样。鲜花绚丽缤纷，漫山遍谷，遍坡，遍野。哈萨克人的冬窝子，"泊"在草地上，各色鲜花环绕着它。

冬窝子是哈萨克人冬天居住的地方，木头搭建，四周用了石头围砌。我浮想联翩，冬天，狼会来敲门吗？熊会来敲门吗？旱獭会来敲门吗？那养得肉滚滚的，一身黄皮毛发，形似小狗的旱獭，是这片土地上的小主人，草原上随处可见它们的洞穴。它们走出洞穴，在花草间闲遛，警觉性很高，一有风吹草动，就"嗖"地钻洞里去了。发出的叫声，有点类似于雄鸡打鸣。有时也像小娃娃在笑，咯咯咯的。

也时见成群的牛，成群的羊，成群的马。它们在草地上漫游，闲闲

地嚼着鲜花。那么多的鲜花，它们想吃哪朵就吃哪朵。它们比从前的国
王还要奢侈。

两只羊依偎在花丛中，盯着过往的车辆发呆，它们看上去，无所事
事，却又安详得叫人嫉妒。小牛挤在母牛身边吮奶，母牛的眼神，望上
去真慈善。——那奶里，有草的香，花的香，阳光的香，雨水的香，雪
的香。小牛也是幸福的。

到五花草甸。到鲜花台。又经过库尔代森林大峡谷、三极夷平面观
景台，最后到达猎鹰台。雪山做了草原的屏障，而草甸上，峡谷中，都
是茂密的草，茂密的花，五彩纷纭。也有小片的森林，点缀在峡谷中，
草甸上，很奇特。

牛马经过。牛马不看人，它们神情肃穆地，从一片草地，走向另一
片草地。从一个山头，走向另一个山头。仿若巡视家园的士兵。

猎鹰台上有没有鹰，我不知道，我没有关心那个。我的整个心，都
放在草地上的那些花身上。真没见过那么多的花，多如牛毛。是，我词
穷了，也只能这么比喻了。它们都拼着命，往终极里开着，各自端出自
己的好颜色。野葱的花，像紫色的绣球，它们举着那样的"绣球"，不
知要抛给哪个心上人。阿克苏黄金莲满身的贵族气，金黄的花朵，像用
金子镶的。高山紫苑看上去最天真，完完全全赤裸着一颗"心"。那么

多颗金黄的柔软的心。还有草原老鹳草，还有阿勒泰橐吾，还有草原糙苏，还有火绒草。还有小朵的紫红，一堆儿一堆儿结伴着开。还有白色的小花一开一串，像兔尾巴似的，我叫不出它们的名。我叫不出名字的还有许多许多。那些低头在吃草的羊，一定知道它们的名字。

我嫉妒那些羊。

鲜花、雪山、小旱獭

二十五日

　　夏塔，在蒙语里称之"沙图阿满"，意为"阶梯"之意。它是伊犁通向南疆的捷径，是古代丝绸之路上最为险峻和高危的一条古隘道，又名"唐僧古道"。相传两千多年前，大汉公主细君和解忧，就是经夏塔古道，到达乌孙国的。唐僧西去印度取经，亦是走的这条道。

　　夏塔古道不通车，我们只能把行李取下来，背上，步行前去入住的小木屋。山路崎岖，山上草木浓密。有河绕山脚下淙淙流淌，水呈奶白色，当地人称"牛奶河"。确为奇观。

　　几排的小木屋在等着我们。据领队的希腊讲，这是盖于1920年的小木屋。基于什么缘由盖了这些房子，希腊也说不分明。但现在，它们成了接纳各地来往驴友的"家"。

　　从外面看过来，小木屋真是诗情画意得很，褐红色的木头，几无加工，就是木头本来的样子，拙朴着，古色古香着。木屋的前面是山，白云朵从山后面爬上来。木屋的后面是山，树木葱葱，高低起伏，几与天齐。木屋的左面是山，右面还是山。洁白的雪，覆在山顶上。它们是哪一年落下的雪呢？有没有一粒，亲眼目睹过那个远嫁而来的大汉和亲公主？后来的琵琶，早已换了主人，而这粒雪，还守在这里。

　　手机无信号。真好，过一段与世隔断的日子。

　　稍稍收拾一下，去走夏塔古道。先是坐电瓶车进山，约莫半个小时，停车，步行。绝对的原始古道，坑洼不平，马走，牛走，羊走，狗走，人走。各色鲜花开在两旁。四面青山环抱，山脚下，河水哗哗奔流，水稠稠的，真的状如牛奶。

迎面雪山矗立，云雾轻绕，山脚下却是蔓草青青。眼睛是忙不过来了，哪里都是美，且美得只此一家，独一无二。

冷，却是顾不上的。也顾不得脚下的牛粪马粪。在草原上，不踩上几脚牲畜的粪便，就不算到过草原了。我奔着花儿去。马儿过来。牛低头吃草，吃得喀吱吱，它们自我陶醉得不行。遇见一冬窝子，淹在花丛中。木头搭建，屋顶上亦纷披着各色小花。好奇去探访。门扣着，正失望，主人来，开门，说，我们冬天就住这里。

冬天，我们在这里放羊。他坐到炕上，笑嘻嘻说。木屋里，倚墙是长长的炕。

冬天不冷么？我问。

不冷，热着呢。他笑，冬天这里下雪，但太阳一升起来，雪就化了。

我想象着那样的冬天：屋子里生着炉火，炉火上热着奶茶，外面飘着雪。若是小旱獭来敲门，也能喝上一碗的吧。

真的有小旱獭，在离冬窝子不远的花丛中，对着我们看。黄黄的毛发，憨态可掬的样子，肉滚滚的。草甸上，山坡上，冷杉下，都是它们的窝，洞掘得深深的，它们不时在洞穴口晃悠，在鲜花丛中发呆。

问，它们不怕人么？

答，不怕。它们是我们的邻居嘛。

世间万物相处，若都能当邻居，该多美好！

道路崎岖、泥泞，常被石头绊着，被草根绊着，却不舍止步。走啊走啊，去往青草更深处。去往鲜花更深处。上坡，下坡，渡河，越沟。雪山莹莹，鲜花漫漫。灵魂出窍了。

偶有雨点落下，而天空却是明净的。白云一层一层叠加着，厚得不能再厚，一线的蓝天，从里面挣脱出来，像一眼湖泊似的。

走得腿酸，也才识得它的冰山一角。想要翻越天山去，也只想想罢了。对远古大唐的那个僧人，充满无限敬意。

六七点回转入住的小木屋，落了一阵子雨。空气湿湿的，冷。也无多余的热水可洗，也无电视可看，手机信号也不通。回到从前的岁月了，天黑了，就关起门来睡觉吧。

天却未黑，傍晚也才刚刚开始。听见牛在不远处叫，哞哞哞的。原打算晚上在院子里看星星的，这下子，星星是看不到了。我忧愁着，这一夜，我将如何抵抗这冷？

九点半，雨声渐大，敲在小木屋顶上，咚咚咚。那些小花呢？那些

　　小草呢？雨声会敲醒它们的梦吗？睡在雪山怀抱中，睡在雨声里，这感
觉很奇妙。

　　　男人们凑成一堆喝酒。我好不容易得了只空酒瓶，找了点热水，灌
进去，抱怀里，这才感觉到身上有了点热气。

夏塔的
早晨

二十六日

　　一夜雨声滴答。被子凉薄，稍稍动一动，就有凉气袭身。好不容易囫囵着睡着，梦里全是雪山莹莹，各色花儿相迎相拥。

　　旱獭的叫声四起，它们似乎就站在门外，你一声，我一声，昂扬着，唤着屋里人。——天亮了。

　　鸟跟着歌唱起来，稠密声堪比雨落。也不知它们逗留在哪棵树上，抑或在哪朵花里。夜里，它们如何抵挡严寒的？这是个谜。听它们活活泼泼地唱，看来过得不赖，一夜好睡。

　　开门，雪山相迎。一个鹅毛编织的圆月亮，歇在山头上。好比巧手的绣娘，用丝线给绣出的一幅画。

　　山中一日，世上千年。——我恍惚着，那个我活过几十年的尘世，我已模糊了它的样子。

　　去林中散步。地上敷着夜霜，一层银白。树上挂着夜霜，树叶子晶莹着可爱。马在林间草地上吃着草。有牧民在林间草地上挤奶。母牛很听话地站着，一只小牛依偎在一旁，好奇地看着。它一定觉得不可思议，又觉得有趣，怎么它喝的奶，人也喝呢？

　　旱獭又不知在哪棵树下叫，叫声像孩子吹芦笛，又像吹着小海螺。这里没有小海螺，却有着无数的晶莹剔透的石头。我沿着夏特河走，岸边全是被雪水冲刷过若干年的石头，大大小小。有的像抽象画。更多的是洁白的不着一色的，雪一样的白。

　　出太阳了。仿佛哪里有一只大手，一下子驱散了山中寒气。阳光洒在身上，那种体贴的温暖，让人感动得要流泪了。难怪牧民们如此钟爱阳光，每日出太阳，他们都要合掌感谢。

　　群山也都沐浴在阳光里，神采奕奕。草地上的花们，抖落了夜霜，更是明艳。好日子长着呢，千年万年。

薰衣草呀，
遍地开放

二十七日

　　没人抗拒得了薰衣草。

　　名字乍看之下，似乎挺俗，薰衣裳的草么。然却经得起你慢慢咂摸，越咂摸味道越醇厚，你会想到一袭紫衣，轻飘慢曳，清香四溢，——能把人的魂给勾了去。

　　这草，祖籍在地中海沿岸。英国人对它尤为着迷，有民谣唱它：

　　薰衣草呀，遍地开放。

　　蓝花绿叶，清香满怀。

　　我为国王，你为王后。

　　抛下硬币，许个心愿。

　　爱你一生，此情不渝。

　　我很喜欢这首英国民谣，薰衣草呀，遍地开放，——它招惹了爱情。

　　也是，在这样的花海里，若不谈一场爱情，实在辜负了它的绚烂呢。

　　我在科古尔琴的薰衣草庄园里，一边转悠，一边这么胡思乱想着。一对恋人，徜徉在花丛中。女孩子摆着各种造型，男孩子不厌其烦，顶着烈日给她拍照，且不停赞美，道，真好，再来一个。对，把纱巾舞起来。哎呀，美翻了！男孩子的语气和表情里，满淌着薰衣草般的爱意。我笑着走开。有花在，有爱情在，好啊。

　　几场雨落，这里的薰衣草颜色褪去不少，变淡了。园子里的人说，你们若早来半个月，可以看到最美的薰衣草。——美的东西，似乎总难长久。然又不是顶失望的，因为，它们又以另一种方式，鲜活着，那些薰衣草制成的精油、枕头、香包，还有薰衣草蜂蜜，都是最美的花，绽放在里面。

眼光所到之处，花开沸沸，紫雾蒸腾，人行于其中，人人得而成仙。

花丛深深处，立有细君公主的塑像。许多人跑过去留影。我远远站着看了会儿，我在心里祝福了这个小公主。但愿她变成了这薰衣草中的一朵，无关政治无关历史，只安静做着一朵天真的花。

离开薰衣草庄园时，我买了几只薰衣草香包带上。也没想好带回家要送给谁。全凭缘分吧。

赛里木湖
的黄昏

二十八日

晚上十点，赛里木湖的黄昏，才慢慢降临。

湖水发生着急骤的变化，由宝石蓝，渐渐变成彩虹色，又变成珍珠粉、水银色，最后变成银灰色，天与湖彻底交融到一起，找不到它们的分界线了。湖水镜面一样的。不，不，它就是一面镜子。白云幻化成雾，袅袅于湖上起舞。邱处机有诗云"天池海在山头上，百里镜空含万象"，若不身临其境，还真难感受诗中真滋味。

夕阳的卵，慢慢孵化，一点一点，把湖水染红，湖水沸腾起来，它们跑向山峦，跑向天空，天与山与湖，皆红。真恨自己的笔拙，实在描绘不出那样的景象，只能眼睁睁看着，看得眼睛融化了。哈萨克的小孩们仍在草地上玩耍，他们不看夕阳，不看湖，他们争着最后的天光，呼叫着，奔跑着，追逐、踢球、骑车，像小马驹。

牛羊们回家了。女人们开始做晚饭，毡房里一片热气腾腾。气温降了。我换上冬装，在草地上闲遛，这儿看看，那儿看看。女人们很友善地冲我笑。男人们遇见，问，吃了吗？

天渐渐暗下来了，湖水的色泽渐渐变淡，刚刚的华彩喧腾，仿佛是一个梦，它们沉静下来，寂然不语。天上的云，排列在湖上，像一排黛瓦粉墙的房。一缕一缕的红霞，是飘忽在房屋之上的彩带。

我们中有人问当地牧民订了一只羊吃。于是大家聚在毡房门口的草地上，不顾寒冷，吃烤羊肉串，喝羊汤，吃手抓饭，笑语喧喧。

　　篝火晚会开始了。所有人都欢呼起来，大家跳啊叫啊，玩嗨了。萍水相逢，反倒能敞开心胸，平日的伪装，统统不要了。夜的冷也被这狂欢的热浪驱散了。

　　我站在狂欢的人群外，看天空。星星们出来了，密密的，又大又亮，像红宝石。远山如黛，湖水如黛，星星们提着夜灯，照着它们的梦。

湖边
日出

二 十 九 日

凌晨四点多醒来。其实，我一直都没有深睡，肚子极度不舒服，翻来覆去，真难受。在这里，最难熬的是上厕所。我已憋了一天没上厕所了。

怕吵醒别的人，只能躺在那儿干熬，等着天再稍稍亮一些。夜，黑一般的静。

旱獭偶尔叫上一两声，不知是不是做梦了。牛羊马都睡了。白天那些奔跑的哈萨克孩子，也都在各自的毡房里熟睡了。草原的夜，是这样的相同，又不同。

湖呢？听人说，夜里的它，呈现忧伤的样子。听不到它的声音。

五点半，我悄悄起床，走出毡房。天微微亮，一枚月亮，挂在毡房上空，像半枝莲花。繁密的星星，只剩下三五颗了。有鸡在叫。也有虫和鸟的声音。羊偶尔"咩咩"两声。

湖安静地朦胧着。四周的山，也都朦胧着。快六点钟了，我向湖边跑去，等着看日出。

东边天，慢慢挣脱出一缕红来，我知道，一个红太阳，就候在它身后。

掬一捧湖水洗洗脸，洗洗手，觉得心也被它清洗过了，从此后，尘埃无染。天边的云彩，开始一点一点在描着湖水。不是深红，不是艳红，是那种红晕轻染的可爱色。

然后，云霞堆厚，似燃起一堆篝火。那篝火越燃越旺，越燃越旺，

我紧张地盯着，眼也不敢眨上一眨，胸口"嘭嘭"跳着，我知道，我将
见证一个奇迹。是的，奇迹果真出现了，一个红彤彤的"胎盘"，从"火
堆"里蹦出来。瞬息间，那"胎盘"膨胀起来，从里面射出万道光芒，
太阳诞生了！那样的鲜嫩，似乎还看到它脸上小小的红绒毛，那崭新的
生命！半个赛里木湖被染得通红，醉醺醺的。有鹰飞过，黑色的翅膀上，
驮着一坨红。

　　我以为湖水要沸腾起来，却没有。它只平静地接纳着，酿造出一湖
醇厚的酒来，庆祝太阳的诞生。

　　我呆呆看着，直到太阳完全升起，直到红色渐渐消散，这才慢慢往
回走，一边欢喜一边心疼，这样的日出，今生，对于我来说，仅此一次。
之前我不在，之后我不在，它饱过谁的心，又会饱了谁的眼？

　　八点多了，草原也渐渐醒了，各种声音明晰起来。遇见两头牛，埋
头在吃草。我跟它们打招呼，它们好笑地看看我，又埋头吃草去了。

　　有炊烟从毡房里升起。牧民们又将开始新的一天，放牧他们的牛羊
和孩子，喝着他们的奶茶，吃手抓饭和厚而香的馕。

作别
新疆

三十日

去乌鲁木齐博物馆，看人类如何穿越五千年。看古楼兰美女，衣着华丽，地下深埋。又有三千八百年前的孩子，静静躺在那儿。生命的神奇和轮转，让我恍惚得厉害，不知身在何年。

下午五点，往机场赶。中途，停在一水果店门口，买哈密瓜吃。水果店店主是一中年汉子，胖胖的，很敦实。见我们啃得欢，他忙吩咐在屋内做作业的小女儿，捧出切好的另一品种的哈密瓜，来给我们尝。他说这瓜叫"花纹瓜"，好吃得很。我们吃一口，果真又绵又甜又香，人间至味呀。很惊讶，哈密瓜还有这么绵软的？他乐了，你们吃的，是我们这是最好的哈密瓜。我们这里的哈密瓜，品种有二百多种呢。

长见识了，以前只以为就一种呢。

和他聊新疆的好。他一直笑着听，边切了另外的瓜请我们品尝。他说，来新疆不吃正宗的哈密瓜，是遗憾的。

我这里的瓜，一点农药都不用，用了，就会烂掉，长不起来的，你们就放心吃吧。他又拣一个品种的瓜切。我赶紧挡住，不能再切了，吃撑着了。

他却未停下手，说，没事的，吃不掉的就放这里，待会儿还有人来吃的。

他的实诚，真叫人愉快。要不是急着赶路，我真想和他一直聊下去，把他家的每一种瓜，都吃到。

和他说好，下次到新疆，还到他家来吃哈密瓜。

图书在版编目（CIP）数据

草木染 / 丁立梅著 . -- 北京：作家出版社，2023. 7
ISBN 978-7-5212-2346-0

Ⅰ . ①草… Ⅱ . ①丁… Ⅲ . ①散文集 – 中国 – 当代
Ⅳ . ① I267

中国版本图书馆 CIP 数据核字（2023）第 104342 号

草　木　染

作　　者：丁立梅
责任编辑：省登宇　周李立
装帧设计：弘果文化传媒
插　　图：阿屿 Isle　顾小屿
出版发行：作家出版社有限公司
社　　址：北京农展馆南里 10 号　邮　　编：100125
电话传真：86-10-65067186（发行中心及邮购部）
　　　　　 86-10-65004079（总编室）
E-mail:zuojia@zuojia.net.cn
http://www.zuojiachubanshe.com
印　　刷：北京盛通印刷股份有限公司
成品尺寸：145×210
字　　数：210 千
印　　张：10.75
版　　次：2023 年 7 月第 1 版
印　　次：2023 年 7 月第 1 次印刷
ISBN 978-7-5212-2346-0
定　　价：49.00 元